真實虛擬一鏡過

一直想寫屬於香港的「一千零一夜」，目前已經寫了四百多個短篇。

用最荒誕的劇情，寫出最貼地的香港故事。

只要你曾經有一刻，為故事內容而感動，或笑或嘆，已經是我最大的快樂。

寫作有用嗎？
或許沒用。

生活中的「有趣」是為了取悅自己，「有用」是為了取悅別人。
有趣的事，往往沒用。
寫不賺錢的小說，拍不驚人的照片，愛沒結果的人，最終成為沒用的人，只求一生有趣。

我們對未來世界充滿想像，幻想未來有很多神奇的科技，解決一切困難。

其實對古人而言，現在的科技絕對堪稱「神奇」，但我們依然會遇到很多困難，依然有不如意事十常八九。

科技會變，人性不變。

再多的科技，也無法滿足人類的所有願望。

我問男生：「男人找女友，最主要看什麼？」

男生答：「看內在美。」

我再問：「怎能看出一個人有沒有內在美？」

男生答：「相由心生，長相都是由內在反映出來的，看長相就行了。」男生答得理所當然。

4KG

健身教練好不容易……才找到一個我拿得起的 4KG 壺鈴。
話說我從小就是一個運動垃圾，奈何身型健康。

中一時，有個師姐邀請我參加接力跑。

我：
我跑得很慢，一百米要跑二十多秒，不要連累你們。

師姐：你的腳那麼長，一定跑得很快。

我：
不如我跑給你看看？

師姐：我才不相信哩，你一定會刻意慢跑！

我：
…………

有時候，證明自己是垃圾，比證明自己厲害更難。

目錄

目錄

一鏡過故事

虛擬

真

宴

1 我的職業是：撈屍人

加入這個行業，不是因為愛，是因為窮。

我沒有學歷、沒有工作經驗，當然找不到理想工作。

然後我遇上河邊的撈屍人，他需要一個徒弟，薪金頗高。

我自幼膽大，聽鬼故事時也不會害怕，於是，我就成為了一個「撈屍學徒」。

那是一條壯闊的河流，但常常有屍體飄過，有些是自殺的，也有些是意外遇溺身亡的。

師父說，撈屍有兩種方法，如果水不太深，就可以用帶鈎的竹竿去打撈；水深的話，就要潛進水裡撈屍。

在師父指導下，我用竹竿勾起一條浮屍，屍體有些沉重，卻也不算太難。

但看到屍體那一刻，我也嚇了一跳，屍體已經嚴重腐爛、膨脹，還帶著濃烈的屍臭。

「你會習慣的。」師父拍拍我的肩膀。

那一晚，我一夜無眠，合上眼睛時，就會想起那具屍體。

我忍不住問師父：「您不害怕嗎？」

「想通了，就不怕了。我們是在幫他們，就算他們化成厲鬼，也該千恩萬謝。」師父呼出一個又一個的煙圈：「人在做，天在看。我對得起自己的良心，閻王殿前也理直氣壯。」

我似懂非懂地點點頭。

此後的日子，我跟隨師父學習，也漸漸習慣屍體與屍臭。

除了撈屍，我也要幫忙找到屍體的歸宿，如果屍身上有身份證明，找到家屬就不是難事。

有時，也會有家屬來尋人，他們說出對象的特徵，我就帶他們去認屍。

待家屬心情平復下來，就會付錢領走屍體，隨緣樂助，有時是數千元，有時是數百元。

師父從不為價錢爭執，他總是說：「失去家人已經很痛苦了，何必為了身外物，令他們雪上加霜。」

只有一件事，令我不太習慣。

我想像中的撈屍人，是把屍體撈上岸，妥善安置，等待家屬認領。

現實是，我勾到一具屍體後，只能記下特徵、拍了照片，再把他運到隱蔽的地方，綁在河邊。

直到有家屬來認領屍體，才把屍體撈上岸。

換句話說，整個過程中，屍體沒有離開河水，一直泡在水裡。

我嘆了一口氣：「應該把屍體撈上岸，妥善安置吧。」

「好啊，安置在哪裡？放在你床上好嗎？」師父向我解釋「土地問題」。

師父撈屍多年，積壓了很多無人認領的屍體，放置屍體的房子已經被塞滿了。

法例規定，沒有死亡證，就不可以進行火化或埋葬，但無人認領，身份不明的屍體，又不能拿到死亡證。

所以，多出來的屍體，只可以綁在河邊。

有時候我帶著新的屍體，到達「藏屍地點」，心裡總是有點不舒服。

我沒有想過，撈屍學徒也會遇上「挖角」。

幾個月後，另一個撈屍人福伯來找我，他和師父一樣，年紀漸長，需要聘請年輕人來幫忙。

但是，很少年輕人願意踏入這個行業，即使收入穩定，日後交友戀愛也會受到歧視。

我面有難色地回應：「我已經拜師了。」

福伯笑嘻嘻地說：「你不用拜我為師，就當是換一家公司吧，你的薪金會提升一倍。」

一倍的薪金！我心動了，尷尬地向師父提起這件事。

「福伯這個人……唉，你好好考慮吧。」師父認真地看著我的眼睛：「切記，無論任何時候，都要守住本心，做個好人。」

我口裡答應了，心裡只覺得莫名其妙，我只是一個撈屍人，對著腐爛發脹的屍體，可以做有什麼壞事？

我的老闆變成福伯，工作內容也沒有什麼變化。

直到有一天，福伯撈了一具男屍，他的媽媽來認領。

那個大嬸哭著說，要帶兒子回家，福伯點點頭，輕描淡寫說：「三萬塊。」

大嬸一怔：「我沒有那麼多錢。」

「回家拿錢吧。」福伯擺擺手，兒子的屍體依然泡在水裡。

大嬸忍著悲痛和福伯議價，最後以兩萬元的價格「成交」，大嬸回家拿錢。

我呆若木雞：「你怎麼可以問她要錢？」

福伯不屑地笑了笑：「我們是服務性行業，當然要收費。」

「這個價格……」

福伯反問道：「你覺得太貴了？應該像你師父一樣，隨緣樂助？那些人最是奸詐，隨手給你幾百元，只是把你當成乞丐。」

「但撈屍始終是……」我也不懂得具體形容我的感受。

「我給你三百元，你找人幫忙撈一具屍體，行嗎？」福伯一臉驕傲地說：「我們有技術有膽量，這可是值錢的。」

沒多久，大嬸便來付錢了，一手交錢，一手交屍。

看著厚厚的一疊鈔票，我有些羨慕，福伯爽快地給我幾張鈔票。

我欲言又止，最後我也收下了錢，沒有再作異議。

我對自己說，我依然是撈屍人，依然是向家屬收費，至於金額多少……不是大問題嘛。

我很快就習慣了這種生活，我還學懂和家屬議價。

有些家屬覺得價格太貴，表現抗拒，甚至呼天嗆地，裝作很可憐的模樣。

呵呵，不付錢的話，我們把屍體泡在水裡，屍體很快開始腐爛，模樣慘不忍睹。

面對這種情況，家屬多數於心不忍，會不顧一切地籌錢。

我的收入提升了，沒多久，我還結識了一個漂亮的女友，她不嫌棄我的工作，金錢上我當然要對她更闊綽。

直到有一天，我和福伯坐在船上，留意附近有沒有屍體。

「這幾天生意不好啊。」福伯的意思是，這幾天沒有新屍體。

這時候，我看到附近的水面一陣翻騰，有人在水裡浮浮沉沉，還拚命向我們揮手。

福伯慢條斯理地划船，卻偏偏不接近遇溺者。

我心急如焚：「福伯，救人！」

「等等嘛，年輕人要有耐性。」福伯還吸了一口煙：「我們是撈屍人，不是救生員。」

福伯解釋道：「如果你救了他，他說兩句不值錢的道謝，你可以怎麼辦？難道要把他推下水？呵呵，這是謀殺，謀殺是違法的。」

福伯的意思，是要等遇溺者淹死後，再把他的屍體撈上來，向家屬要錢？

我很震驚：「難道我們見死不救？」

「這可不犯法。」福伯聳聳肩。

說到這裡，水面已經沒有動靜，福伯把網撒出去，輕而易舉地撈起那具屍體。

沒想到，這戶人家相當富有，福伯足足收了五萬元的「辛苦費」。

家屬還千恩萬謝地說：「幸好有您為他收屍，他才不用做孤魂野鬼。」

福伯分了一部份的「辛苦費」給我，我可以買名牌手袋送給女友，享受她仰慕的目光。

如果我告發福伯，就不會再有這麼高的收入……

我對自己說，福伯也沒有錯，我們是撈屍人，沒有救人的義務嘛。

我慢慢接受了這個事實，直到有一次，有個男生來找爸爸的屍體。

福伯根據男生所說的特徵，找出一張照片，男生悲痛地點點頭。

「三萬元。」福伯照常開價。

男生不接受這個價格：「這和綁架有什麼分別？」

言談中，他似乎對撈屍行業有一定了解，知道我們會把未被認領的屍體綁在河邊。

於是，那個男生脫光衣服，跳進水裡，自行找屍體。

我不知所措地問福伯：「怎麼辦？」

「年輕人有孝心，我們就幫幫他吧。」福伯開船，尾隨那個男生而去。

我百思不得其解，福伯為人唯利是圖，斷他財路，猶如殺他父母，那個男生想不花一分錢就把屍體拿走，福伯理應暴跳如雷。

這時候，船已經划到那個男生的身邊，只是福伯划船的姿勢……或者說，船的移動方向有少許奇怪。

我不懂描述那種奇怪的感覺，總之，那個男生漸漸乏力，然後消失在水中。

「不救遇溺者」是我和福伯的共識，但他的水性不錯，所以才自信十足地跳進河裡找屍體，為什麼他會突然遇溺？

我忍不住詢問福伯，福伯冷笑道：「現在的年輕人，只懂去泳池游泳，游數十個來回就自覺天下無敵。他們可不知道，船的行進，會對水裡的人造成影響。」

言下之意，即是福伯利用划船，影響水流，令那個男生遇溺？

我的呼吸突然急促起來：「這是謀殺！」

「謀殺？即使警察來驗屍，也不會說我是殺人犯吧，我可沒有碰過他，他自行跳進水裡，體力不支，遇溺身亡。」

福伯一邊說，一邊撈起那個男生的屍體，口中念念有辭：「他連幾萬元也捨不得花，希望他的家人不會像他那麼吝嗇。兩父子的屍體一同交收，最多我給一個『二人同行』優惠價。」

那一晚，我根本無法閉上眼睛。

「向家屬漫天要價」，我可以接受，因為我也想賺錢。

「見死不救」，我逼自己接受了，因為我不是救生員。

但這一次，根本是一場謀殺，我終於明白，為什麼當天我跳槽時，師父欲言又止。

原來，撈屍人也和其他工作一樣，有正有邪，師父是正派，福伯明顯是邪派。

但我可以怎麼辦？我沒有證據指證福伯，貿然出頭，只會令我丟了這份工作。

我對自己說，這個男生不肯付錢，加上水性好、膽大、自信，才會釀成這場悲劇。

諸多巧合難以重覆，我想，這種悲劇也不會重演吧。

沒多久，福伯突然對我說，會為我加薪，不過我需要負責更多工作。

福伯說：「工作內容很簡單，你有空就去游泳，最好用狗爬式，浮浮沉沉……」

原來，近來是旅遊旺季，福伯想增加收入，他打算等遊客經過，叫我扮成遇溺者，令遊客見義勇為，下水救我。

為什麼要這樣做？福伯沒有明言，但我心裡清楚，遊客下水後，就是福伯的天下。

福伯會令他們變成屍體，再做一個稱職的撈屍人。

「能來旅行的，總不會太窮，身邊還有親友作伴。我把屍體撈上來，馬上就能收錢，真方便。」福伯沾沾自喜地說。

我沉默了一會，答應了福伯的要求。

這次，我不會再找藉口。

我會偷偷找師父，想辦法揭穿福伯的惡行。

因為我知道，若我跟隨福伯的腳步，一步步走下去，我早晚會變成一個變態殺人狂。

所有罪大惡極的事，都是由小過小錯做起。

這一刻，你覺得「小事而已，不要緊」，總有一天，你會壞得令自己無法面對。

脫掉的內褲可以穿好，但底線一旦後退一步，只會愈退愈後。

—完—

㊟：撈屍人挾屍要價一事，改編自二〇〇九年《華商報》「3.6 萬天價撈屍費背後的壟斷黑幕」。

2 我的職業是：陰媒

我自小就被祖母養大，祖母是媒人，常常帶著我一起參加婚禮。

婚禮當然很熱鬧，樂手吹吹打打。

經過繁複的禮儀後，新郎和新娘的牌位會放在一起，弟妹向牌位磕頭，親家們互相道賀。

最後一項程序，是新娘的棺木挖出來，與新郎合葬。

我以為所有婚禮都是這樣，直到有一次，我的表姨結婚。

婚禮上，我翹首等了很久，忍不住問：「牌位呢？」祖母狠狠捏了捏我的大腿。

之後我才明白，原來不單是牌位才會結婚，活人也會結婚。

應該說，活人結婚比較常見。

我常常參加那種「婚禮」，只是因為，我的祖母是一個「陰媒」。

在我們這個小鎮，如果有人還未結婚就死了，是不可以葬入祖墳的。父母希望子女在天之靈，不至於孤苦伶仃，就會拜託祖母牽紅線。

我弄不明白：「人都死了，還要結婚嗎？」

祖母摸摸我的頭：「曹操的兒子曹沖，那個懂得稱象的兒子，十三歲就死了。曹操也找了一個已逝的大家閨秀，為他們辦了一場婚禮。所以嘛，大家都相信這回事。」

祖母告訴我，做「陰媒」不比做「陽媒」簡單。

通常來說，父母都想找未婚、年齡相近以及門當戶對的對象。如果找不到「濕貨」（剛逝世的對象），有些父母會接受「乾貨」，即是已經逝世一段時間，甚至已經下葬的對象，這就要把對方的棺木挖出來。

祖母與附近的醫院有來往，一旦有未婚的人死了，他們會馬上通知祖母，去接觸死者的家人。

祖母牽了紅線，兩個家庭就會討論嫁妝、聘禮和婚禮細節，婚禮後也會像正常親家般來往。

我小時候常常參加「婚禮」，我覺得這些婚禮流程過於繁複。

大家都說，繁文縟節是為了令「新人」幸福，但新人真的有感覺嗎？他們生前甚至沒有見過對方。

我曾經問過祖母，為什麼要弄這些繁文縟節。

祖母敷衍了事地答：「小兒子別管那麼多，這是老祖宗訂下的規矩，一定有道理。」

我不滿意這個答案，不過，我長大後，祖母逝世了，我順理成章地繼承了她的「事業」。

從前祖母做陰媒時，要多次往來男家女家，還要應付無謂的要求。

例如女方家長說：「你的兒子只有初中學歷，我的女兒可是大學畢業生，我怕他們沒有共同話題。」

唉，人都死了，為何還要講究生前的條件、學歷？

所以，我接手祖母的事業後，開始推廣「簡易冥婚」，用不著搞婚禮，也不需要嫁妝和聘禮，只須找到年齡合適的屍體，一起埋葬就行了。

隨著時代發展，這個城市的礦場愈來愈多，亦難免有礦難發生。青壯年男子的死亡率增加，冥婚市場陽盛陰衰。

幸好，我推廣「簡易冥婚」，只須找到女屍，用不著講究門當戶對。

我和殮房的負責人阿林合作，每當遇上無人認領的屍體，阿林就會馬上聯絡我，賣屍冥婚。

雖然這個做法不太光明正大，但我是在做好事嘛。那些女人無親無故，本來只能草草埋葬，現在我幫她們找到「如意郎君」，她們就能永享香火。

我和阿林合作，賺了不少錢，我也成為遠近馳名的陰媒。

有一次，我接到一宗生意。

楊先生的兒子車禍身亡，楊先生想幫兒子配冥婚，他的出價高，要求也很高，要求年輕、完全未腐爛的「濕貨」。

我面有難色地問：「能接受『乾貨』嗎？」

楊太太擦了擦眼淚：「『乾貨』代表已經下葬的女人嘛，全身都腐爛了，說不定只剩下一副骸骨，到了陰間，會把我的兒子嚇壞。」

楊先生沉聲道：「十天後，兒子就要下葬了，我不想讓他孤單上路。」

我致電給阿林，阿林卻說，最近沒有剛剛死去的年輕女屍。

我嘆了一口氣：「看來我們賺不到這筆錢了。」

沒想到，三天後，阿林聯絡我，說有個女生暴病而死，可以把屍體賣給楊先生。

我仔細檢查屍體，的確是年輕、新鮮、沒有外傷，但喉嚨上有一個紅印。

「噢，我搬運屍體，不小心撞到了。」阿林解釋道。

我沒有在意，我把屍體賣給楊先生，賺了一大筆錢。

但自此之後，阿林突然「鴻運當頭」，提供了很多年輕的「濕貨」。

有時，客人提出古怪的要求，例如希望「媳婦」不要比兒子高，要求苗條的「媳婦」……阿林都能一一滿足。

難道，這麼多年輕女子暴斃，屍體剛好被送來阿林負責的公共殮房？

我細思極恐，開始跟蹤阿林，但阿林的生活很規律，有空還會去做義工。

於是，我故意向阿林提出要求，說有一個客人要買「濕貨」。

那天晚上，我看到阿林把一個女生，帶入殮房。

我從窗戶的縫隙中，看到阿林拿著枕頭，捂著那個女生的口鼻。

我馬上大叫：「住手！」

阿林嚇了一跳，把枕頭丟到一邊。

「原來你能提供這麼多『濕貨』，是靠殺人賣屍！」我捉著那個女生的手，要把她帶走：「小姐，別怕，我帶你去報警。」

她卻用迷茫的眼神看著我：「警？警警？」

阿林回過神來，從抽屜裡拿出兩粒瑞士糖，微笑著說：「不要警警，要糖糖。」

她興奮地接過瑞士糖：「糖糖！」

我的心一涼，那個女生明顯有智力問題，她根本不理解剛剛發生了什麼事，可能以為阿林和她玩遊戲。

即使她能說出事情的經過，在沒有物證的情況下，她的證供很難被採信。

所以，阿林才會對弱智人士下手，還特地做義工去接近她們。

我忍不住問：「殺弱智的女生，你有沒有人性？」

阿林冷笑道：「她們對社會沒有貢獻，也沒法嫁人。我幫她們找一個……好歸宿，不對嗎？」

我把她帶走，沒有再和阿林辯論，阿林已經沒有人性了。

早前楊先生的「媳婦」，可能也是被阿林殺害的，換句話說，我是幫凶！

事到如今，只有把阿林繩之以法，才能彌補我的過失。

雖然這次沒法指證阿林，但他殺了那麼多人，只要法醫驗屍，應該能找到他的犯罪證據。

我聯絡楊先生，說出我的猜測。

楊先生輕描淡寫地說：「哦，我不想干涉媳婦生前的事。」

我努力解釋：「她是被謀殺的！我們要把屍體挖來，找法醫驗屍，才能捉到真凶……」

楊先生打斷我的話：「媳婦已經和兒子合葬了，你想打擾他們的安寧？絕無可能！」

我找了很多買家，他們都不同意掘墳的決定。

他們指責我「意圖打擾死者的安寧」、「破壞祖墳的風水」、「沾污媳婦的身體」（因為驗屍時要把衣服脫光）。

我曾想過要偷屍，但冥婚的需求太大，曾有過不少「掘墓偷女屍」的案例，所以墓地的守衛很森嚴。

我也想過報警，但我接手屍體時，完全不知道那些女生的身份。難道我對警察說，有個不知名的女生被殺，要掘墳驗屍？警察只會把我列為「傻人發現案」。

阿林當然沒有繼續和我合作，聽說他搬到別的城市了。

幾年後，我看到阿林被捕的新聞。

原來阿林搬走後，繼續賣屍賺錢，愈發猖狂。

他會約妓女上門殺害，也會到鄉村地區，騙說女生做媒，付少許禮金，就把那些女生帶走。

最後，天網恢恢，疏而不漏。

不過，我依然愧疚，如果不是我，可能阿林不會走上這條不歸路。

我想改變這個習俗，我開始宣揚冥婚的壞處。

但沒有人理會我，這種「在天有靈、成家立室」的思想，已經在這裡傳承了一千年，我沒法在短時間內，令大家變得不迷信。

我思索良久，既然我不能改變冥婚的習俗，我決定推廣祖母那時流行的冥婚儀式。

客人提出冥婚，我就說：「一定要三書六禮，新人才能在陰間結合。否則閻王怎會相信他們是一對？」

我也會說：「若無三書六禮，貿然合葬，他們在天之靈會有所不滿，令大家被厲鬼纏身。」

要令迷信的人，變得不迷信，很難；要令迷信的人，變得更迷信，就容易得多了。

既然要三書六禮，必先和對方的家人溝通，不能隨隨便便找具屍體合葬。

所以，死者的身份、背景、死因都會變得一清二楚。

雖然不能百分百杜絕殺人的可能性，但至少不會再有另一個阿林，放膽地殺人賣屍。

我討厭繁文縟節，誰能預料到，終有一天，我會重新推廣冥婚的禮節。

就像我做陰媒，只是為了賺錢，怎料到會令阿林變成殺人犯。

事情的發展，往往與初衷不同。

也許，每一個壞人也曾以為，自己會做一世好人。

—完—

㊟：為冥婚殺人一事，改編自「陝西山西冥婚風俗誘發殺人賣屍案」。

3 我的職業是：同性戀治療師

「踏入嶄新的20世紀，醫學發展一日千里。希望在座各位，都可以為現代醫學盡一分力。接下來，我們要解決的世紀難題是：同性戀！」

導師話音剛落，在座的學生紛紛鼓掌。

我也很激動，我們要研究的課題，居然是近來最熱門的「同性戀」。

同性戀，有人說是精神問題，有人說是生理問題。

總之，出於不名原因，居然有人不喜歡異性，喜歡同性，數量以男人居多。

這種奇怪的傾向，對家庭、社會都造成嚴重的負面影響。

很多家人會帶同性戀患者求醫，但以現時的醫學水平，還未能醫治這種被惡魔詛咒的疾病。

近期的研究指出，同性戀的病因是激素異常。

所以，我們參與的第一個項目，就是幫同性戀患者注射激素，並記錄他們的身體變化。

我參與了幾宗個案，暫時未有什麼成果。

直至我遇到新的病人，阿倫。

阿倫是一個天才，他在劍橋大學畢業後，負責海軍密碼分析，期間研發了一些破譯密碼的重要技術，還涉足了人工智能等領域。

而且，他的體育水平也很高，是世界級長跑高手。

這麼厲害的天才，偏偏患有同性戀。

阿倫的同性戀症狀過於嚴重，曾嘗試與男人發生關係，被判以「明顯的猥褻和性顛倒行為」罪，需要進行化學閹割，注射女性荷爾蒙。

阿倫既是國寶級人才，亦是一個優秀的實驗對象。

我們的團隊去觀察他，看看化學閹割能否幫助醫治同性戀。

注射女性荷爾蒙後，阿倫的身體出現了很多變化，他的乳房不斷發育，也不能再參與賽跑了。

我本就敬仰阿倫，所以我常常安慰他：「你專心接受治療，很快就會變成正常人，不會再對男人產生性慾。」

阿倫總是搖搖頭，默不作聲。

突然有一天，阿倫服毒身亡，震驚了整個國家。

我很自責，如果我早點找到醫治同性戀的方法，阿倫就不用受這麼多折磨，不用自殺。

所以，我發誓，我一定要找到醫治同性戀的方法，拯救眾多同性戀者。

研究了幾年，我確定，激素治療是無效的。

除了被判刑的同性戀者外，也有不少患者發現自己有同性戀傾向後，主動求醫。

唉，人人都想光明正大地愛一個人，誰希望一輩子受到歧視，活在黑暗中？

所以，我有機會實驗不同的治療方法。

這時候，我已經是一個獨當一面的醫生，最近我決定嘗試手術移植。

我閹割了一個男同性戀者，為他移植了另一具男屍的睪丸。

沒有壯年男性的屍體時，我嘗試過移植黑猩猩的睪丸。

可惜，即使睪丸移植手術成功，他們依然是同性戀患者。

這個方法又失敗了。

我想，同性戀未必是激素問題，可能是心理疾病，就像有些男性受到極大刺激後，從此陽痿。

我決定利用「巴甫洛夫的狗」的理論，話說巴甫洛夫每次餵狗前，都會搖鈴鐺，後來即使他沒有準備食物，狗聽到鈴鐺聲時，也會流口水。

按照這個理論，如果患者每次想起同性戀，都有痛苦的回憶，他就不敢再嘗試同性戀。

於是，我安排了電擊治療。

方法很簡單，先把同性戀患者綁起來，脫掉衣服，給他展示同性戀的影片和圖片，一旦他出現生理反應，就電擊他。

這個方法頗為成功，患者會對同性戀產生條件反射式的厭惡，看到與同性戀相關的內容，就會聯想起被電擊的痛苦。

如果沒法戒掉同性戀，就繼續電擊。

我的療法迅速得到政府支持，政府決定把療法普及。

不過，這個療法需要很多人手，要有工作人員觀察患者，及時進行電擊。

於是另一位醫師改良了療法，直接用藥物代替電擊，注射藥物後，會嘔吐和極度噁心。

所以，醫護人員只須在患者觀看同性戀影片前，為他們注射一針。

看影片時，患者自然會感到痛苦。

我以為我已經成功了，但過了一段時間，問題漸漸出現。

有些被電擊過、自以為「已經痊癒」的患者，在出院後自殺。

也有人權人士指出，即使是精神病患者，也該享有人權，不應該被虐待。

有見及此，我改良了「愉悅療法」。方法是給同性戀者看正常的男女色情影片，然後不斷刺激大腦掌管快樂的地方，令他們記得異性戀的愉悅。

那一年，我遇上一個叫阿斯的年輕病人。我把電極植入阿斯腦裡九個不同區域，然後從後腦接駁一條電線，接通電源。

阿斯第一次看正常的色情影片時，覺得不適，我馬上按下電掣，他便感受到難以想像的愉悅。

人為什麼會沉迷毒品？不過是因為毒品可以刺激腦裡的某個區域，令人感到愉悅。現在我直接刺激那個區域，愉悅感超越性高潮無數倍，誰能抗拒？

自此之後，阿斯每天都接受治療，他迷上了治療的過程，會自動開啟色情影片，希望我盡快按下電掣。

有一次，在他的強烈要求下，我讓他自己按電掣，結果他在三個小時內，足足按了一千五百次。

阿斯不再抗拒男女的色情影片，主動承認同性戀是精神病。

他出院後，還找了一個女生，談了十個月的戀愛

雖然他們不能開花結果，但也證明這個療法是成功的。

當我想推廣這個療法，政府居然宣佈，將同性戀從精神病列表中剔除。

同性戀不是病？

我一輩子都在努力醫治這個「病」，如果這不是病，我這輩子到底做了什麼？

—完—

注：真人真事改編自二十世紀至今的「同性戀治療史」，所有治療方法均為事實。英國曾把數萬個同性戀或雙性戀男子定罪，「人工智慧之父」艾倫．圖靈亦因性傾向而被迫害，最終服毒身亡。

直到二○一七年，「艾倫．圖靈法」生效，赦免英國歷史上因反同性性交法律而被定罪的男性。

真實惡魔 4

我叫藍藍，是一個平凡的女生。

我自幼喪母，爸爸父兼母職，上班之餘還要照顧我。

爸爸把我照顧得無微不至，的很感激他，但爸爸常常嫌自己沒有本事，不能給我更好的生活。

十一歲那年，我的人生天翻地覆。

爸爸很開心地告訴我，他認識了一個專家叫松叔，一起投資新項目，說了一些複雜的科技名詞，總之能賺大錢。

「爸爸真厲害！」十一歲的我，真心視爸爸為偶像。

但後來的事，有點不妥。

爸爸要籌集投資的資金，四處問親友借錢，人人都對他避之則吉。

同時，為了完成新項目，爸爸每晚都要去應酬，半夜三四點才回家。

但早上六點，爸爸就要起床上班，幾乎沒有時間睡覺，精神愈來愈差，常常被上司責罵、被同事嫌棄。

爸爸沒有時間照顧我，決定把我送到松叔家中，由他的妻子純姨代為照顧。

松叔和純姨非常友善，松叔常常讚爸爸有魄力，將來必能成為大人物。

我的想法很簡單，松叔誇讚爸爸，上司常常責罵爸爸，所以松叔是好人，上司是壞人。

爸爸也是這樣想的，他說松叔是他最好的朋友，每次他在公司受到排擠，都會向松叔傾訴。

至於爸爸從前的親友……爸爸說他們是壞人，不肯借錢，或是借錢後常常追債。

我放暑假時，公司把爸爸解僱了。

本來爸爸住在公司宿舍，現在要搬出去，但又無法負擔高昂的租金。友善的松叔邀請爸爸同住，既可以節省開支，又可以和我團聚。等新項目開始賺錢，我們就可以還清債務，買新房子，迎接美好的未來。

爸爸搬來後，前兩天也照樣和松叔去應酬喝酒。

但第三天，爸爸跪在松叔面前，一臉愧疚。

原來，爸爸為了籌錢投資，侵吞了一筆舊公司的資產，他曾經和松叔提過這件事。昨晚他們喝了酒，醉醺醺的爸爸簽了一封自白書，承認自己犯過的罪行。

「你有沒有考慮過你的女兒？你有沒有考慮我們的合作？」松叔拿著自白書，痛心疾首：「為人父者，應該以身作則。如果這件事傳出去，大家會怎麼看你的女兒？她永遠是罪犯的女兒！」

爸爸剛剛酒醒，神情慌張：「對不起，我……」

松叔擺擺手：「為了日後的合作，你一定要知道自己的錯誤多麼嚴重，要不你接受懲罰，要不你去自首，你自己選擇吧。」

爸爸看向我，連日來睡眠不足，已經令他的頭腦不太清醒，下意識向十一歲的我求助。

我好像明白了，爸爸犯了錯，被松叔發現，就像我犯錯被老師發現一樣，松叔說得有道理。

「爸爸，犯錯就應該受罰，然後改過。」我說。

儘管我後來明白，無論我說什麼都不能改變事實，但這句話，依然成為了我一輩子最後悔的話。

爸爸回答：「我接受懲罰。」

純姨把剝開的電線纏繞在爸爸的手腕上，插入電源，開始電擊。

爸爸的身體不斷抽搐，我目瞪口呆，松叔卻摸摸我的頭，笑著說：「藍藍，你要聽話哦。」

從此，松叔每天都以「懲罰罪犯」的名義，電擊爸爸，並規定我一定要親眼看著，不准合上眼睛。

松叔家中的每扇門都有門鎖，所有窗戶都被封住，無法分辨日與夜，我就被鎖在廚房。

幾天後，松叔吩咐我寫下爸爸的罪狀，幫爸爸「變成一個更優秀的人」。

爸爸本來就是好人，我一個字也寫不出來。

松叔說：「我讀，你寫。」

我看看純姨手中的電線，我不敢反抗，寫出「某年某月某日，爸爸偷看我洗澡」、「某年某月某日，爸爸摸我的胸部」……

然後，純姨把兩條電線分別綁在我和爸爸的手腕上。

松叔問爸爸：「藍藍說，你偷看她洗澡，是真的嗎？」

爸爸拚命搖頭。

松叔接通電源，電流從手腕流到手臂，我全身抽搐，牙齒不停發抖，每一個部位都像被針紮一樣，時間彷如一生一世般漫長……

松叔微笑道：「藍藍，小孩子要誠實，不要說謊哦。」

然後松叔問叔叔：「藍藍說，你摸她的胸部，這是真的嗎？」

爸爸看了我一眼，很艱難地點點頭，松叔就接通爸爸的電源：「做錯事就要接受懲罰。」

我淚流滿面，我知道，爸爸不想我被電擊，才承認這些「罪行」。

那一刻，我心中充滿感動，但感動的時間太短了。

因為松叔逼我每天寫下爸爸的五個罪行，然後對質，如果爸爸認罪，就電擊爸爸；爸爸不認罪，就電擊「說謊」的我。

爸爸有時認罪，有時不認罪，令我經常被電擊，電擊實在太痛苦，每一條肌肉彷彿都不再屬於我。

我覺得，爸爸根本沒有那麼愛我，他為什麼不承認所有罪行，讓我不用被電擊？

爸爸責怪我，為什麼不少寫一些罪行，令他少受一些電擊。

我解釋：「少寫的話，我會被電擊啊。」

爸爸露出怨恨的眼神，他認為我應該少寫罪行，我代他承受電擊。

同時，松叔會逼爸爸致電給親友和貸款公司借錢。

另外，爸爸要寫下所有親友的資料，包括財政狀況、夫妻關係、有沒有子女。

這些資料有什麼作用，是否用來找下一個獵物，我已經不想再思考。

我腦裡只剩下一個念頭：不想被電擊。

怎樣才可以不被電擊？總有辦法的。

松叔給爸爸設定了很多限制，每天的睡眠時間不能超過三個小時，超時就要承受半個小時的電擊；每天只准去三次廁所；只准吃一小碗飯……

我負責看管爸爸，如果我放任爸爸違反規定，我會被電擊。

但當爸爸違反規定，我主動舉報他，爸爸受到電擊，我就能得到一天免電擊的權利！

爸爸的體重急速下降，瘦骨嶙峋，大小便失禁，開始胡言亂語。

看到爸爸失禁，我的心很痛，但我依然會舉報他「胡亂去廁所」，令自己獲得一天的平安。

直到有一次，爸爸被純姨電擊後，暈倒了。

松叔淡然道：「裝死嗎？再電一下吧。」

爸爸再次被通電，身體隨著電流而顫抖，但不再發出慘叫。

「藍藍，你把爸爸害死了。」松叔嘆了一口氣：「你常常舉報他，他才會承受電擊。」

我沒有反駁，因為反駁只會迎來電擊。

松叔吩咐我和純姨好好處理爸爸，我們花了一個月時間，碎屍、煮熟、棄置、打掃。

值得一提的是，早前純姨已經懷孕了，生了一個兒子。

一生一死，一個嬰兒呱呱落地，我的爸爸卻變成肉泥。

爸爸債台高築，親友避之則吉，所有人都以為，他為了避債而遠走高飛，居然沒有人會找他。

暑假完結後，為免惹人懷疑，松叔命令我繼續上學。

但是，我在學校和什麼同學說話、路上遇到什麼人，都要詳細匯報。我曾經在路上遇到警察，心中忐忑，不知道該怎麼對警察說，他們才會相信我的話。

但回家後，迎接我的是嚴厲的電擊，原來松叔派了純姨跟蹤我，事無鉅細，如果我沒有匯報，就要受到懲罰。

我曾經以為，純姨不可以跟蹤我到課室裡面嘛，我可以向老師求助。

我不敢說得太直接，我委婉地提及，我遭受了家庭暴力。

但由於我身上沒有明顯傷痕，所以老師叫我的監護人松叔來聊天。

彬彬有禮的松叔，輕易取得老師的信任。

松叔拿出爸爸的親筆委托書，聲稱自己因財政困難要避債，無力照顧「精神有問題」的女兒，委托松叔照顧我。

這封信的確是爸爸親筆所書，以他臨死前的精神狀態，他會依照松叔的吩咐去做任何事。

唯一能證明的是，松叔早就知道爸爸會死，早作準備。

因為告狀，回家後，我受到畢生難忘的懲罰。

我不敢再向老師透露我的處境，我知道，我生存的原因，只是因為一個女學生無故失蹤，會引起追查。

如果這類事件重覆發生，松叔認為我生存的風險，大於死亡，我必死無疑。

我年紀太小了，我要忍耐，我要長大。

不過，松叔送了一份「禮物」給我。

他說最近純姨不聽話，容許我電擊純姨一次。

此後，如果純姨違反規則，我都可以舉報她，親手電擊她。

純姨是我的殺父仇人，聽著她的慘嚎，我回想起爸爸生前的慘叫，心中升起報仇的快感。

我和純姨的仇恨愈來愈深，大家最關注的事，就是怎樣找到對方的破綻，討得松叔的歡心，獲得電擊對方的權利。

我一心報復純姨，甚至把逃跑拋諸腦後。

事後回想，一切都是松叔的計謀，用「賞罰分明」來分化被控制的人，燃起競爭心理，大家都只想討好松叔，不會集體反抗。

終於，這裡迎來新的住客，我也從虛幻的競爭中清醒過來。

純姨碎屍時，松叔拍了影片，純姨的爸爸最重視面子。

我不知道松叔是怎麼做到的，我只知道純姨的父母、妹妹、妹夫、外甥子女，陸續搬過來，開始遵守松叔的規則。

這段時間，我承受的痛苦最少。

我不需要承擔「出賣家人」的愧疚，爸爸已經死了，對我而言，這些人只是仇人和仇人的家人。

所以我對松叔千依百順，降低他對我的戒心。

我見證著每個人為了避免電擊，互相出賣，最後自相殘殺，十歲的小女孩，被逼殺死五歲的弟弟。

十八歲，我終於找到逃跑的機會。

嚴格來說，我不是「找到機會」，而是我即將畢業，畢業後，我很可能會被滅口，所以我必須逃跑。

也許是因為，我用了七年去降低松叔的戒心，我意外地成功了，把松叔和純姨繩之於法。

這宗案件公開後，震驚全國。

案件審理後，我改名換姓，搬到另一個城市。

有時候，我會在網上看到網民的評論。

很多人說，這宗案件並不真實，松叔沒有絕世武功，只要受害者一同反抗，可以輕易地制伏他。

我也怪責爸爸太笨了，把我們帶入火坑。

直到我目睹純姨家人的遭遇，我才意識到，笨的不是爸爸，或者說，每個人都有笨的一面。

憤怒、貪財、貪名、嫉妒、憤怒、仇恨，甚至對生存的渴望……每個人的人性，都有弱點。

只要弱點被掌握，惡魔就有機會控制你。

與其逃避自己的弱點，企圖扮成一個完美的人，也許我們更應該做的，是承認自己的錯誤，接受人生的不幸。

有時候，接受不幸，反而可以避免更多的不幸。

—完—

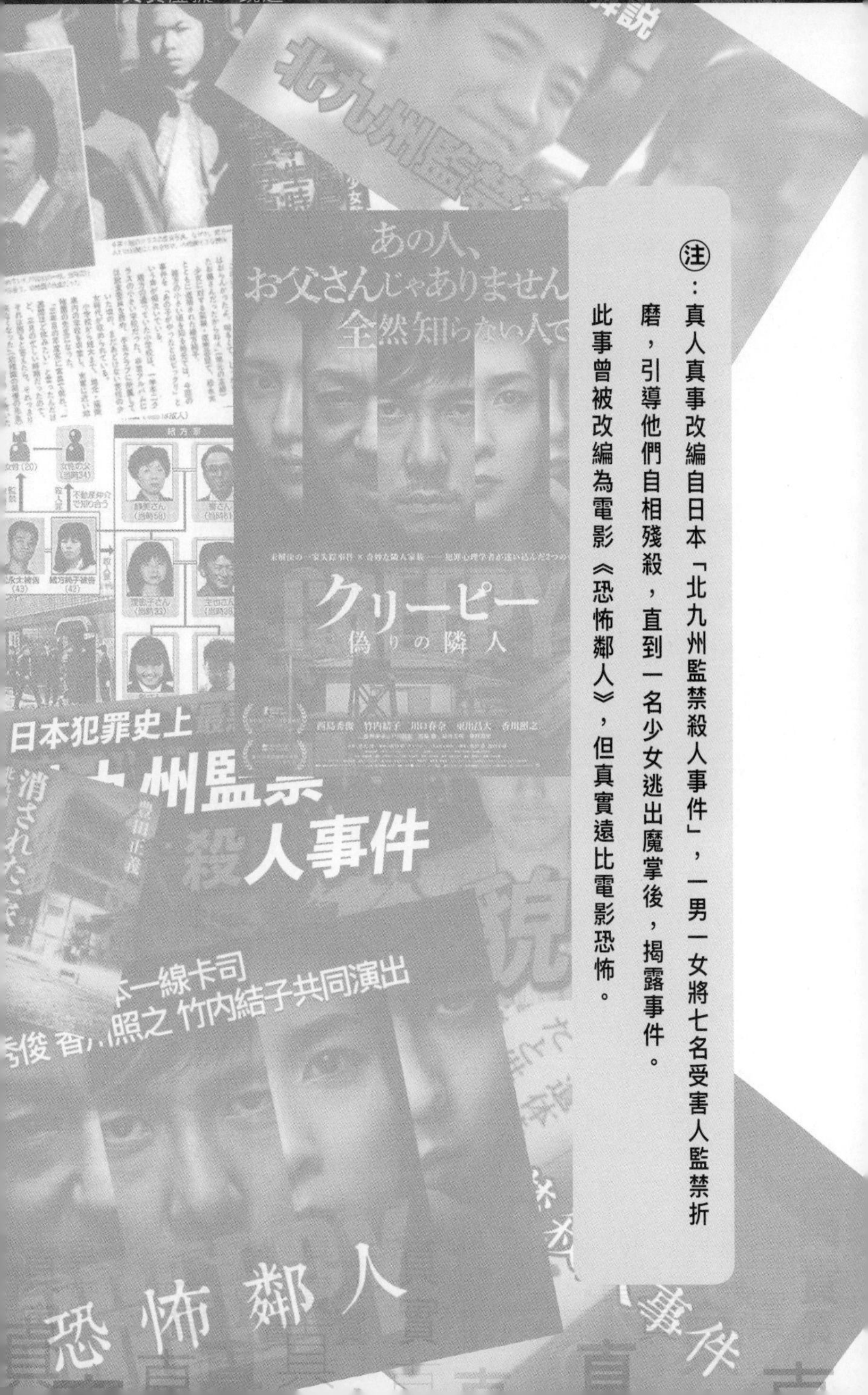

注：真人真事改編自日本「北九州監禁殺人事件」，一男一女將七名受害人監禁折磨，引導他們自相殘殺，直到一名少女逃出魔掌後，揭露事件。此事曾被改編為電影《恐怖鄰人》，但真實遠比電影恐怖。

5 我與食人者不得不說的故事

我想死，因為，我找不到活下去的理由。

我無親無故，性格內向，沒有什麼嗜好，每天上班，勉強能維持生計。

我生存，僅僅為了生存，沒有快樂地生存。

我已經做好自殺的準備，只是還未決定自殺方法。

很多自殺方法都不太可靠，萬一自殺失敗，半死不活，沒機會策劃下一次自殺，比死更難受。

既然我沒法作出決定，我決定……問問現場觀眾的意見。

我打開交友程式，我以前玩過這個程式，可惜以我笨拙的溝通技巧（唯一的話題就是「吃飯了嗎」），注定無法在花花世界中，獲得一絲真情。

但這一次，我有新的話題。

每次結識新朋友，我都會說：「我想自殺。」有人馬上把我拉入黑名單，有人說了一堆「生命滿希望」的廢話，令我忍不住把他拉入黑名單。

直到有個叫「阿明」的男人回覆：「你打算用什麼方法自殺？」

「還沒想好。」我回答：「似乎每個方法都有缺點。」

然後阿明問：「你會考慮……被吃掉嗎？」

我下意識問，怎樣被吃掉。

阿明解釋，原來，他自幼就對吃人肉充滿幻想，他的人生目標就是吃人肉。

但是，「善良」的他（這是他的描述）知道，他無權剝奪其他人的生命，所以他一直在找有意自殺的人，合作去完成心願，他的「合作」已經成功過一次。

「我殺你，吃掉你的肉。」阿明說：「那你就不用怕自殺失敗了。」

我沉默，這個想法實在震撼，一時之間，我不知道該怎樣回覆。

阿明努力勸說：「放心，我不會虐待你，保證手起刀落，不會令你痛苦。」

「吃人肉也不變態？」我忍不住反駁道。

阿明沉默了一會，才答道：「也許你是對的。變態，就是心願和大部份人不同。」

和大部份人不同……這句話，觸動了我心底的一根弦。

從讀書到工作，我也很平凡，沒有任何突出的才能與經歷，三姑六婆談論八卦時，都不會提起我的名字。

我自殺，大概不會有人在意、不會有人傷心、不會有人記得。

但如果我被吃掉了，這種萬中無一的死法，會不會令我得到一絲一毫的關注？

反正我一心求死，我決定去找阿明。

我寫好遺書，去了阿明所在的城市。

阿明熱情地迎接我，他住在偏僻的別墅，四周都是山林。

阿明說，這間別墅是為食人肉而準備的，四野無人，不會被八卦的鄰居打擾。

阿明家中光線充足，毫不陰深，大廳有一張木床，紋理像砧板一樣，砧板上隱約有些血跡。

「這張床，就是為食物而準備的。」阿明捏捏我臂上的肥肉，雙眼發光。

然後他拿出一本簿，貼滿上一個「食物」被分屍的圖片。

阿明指著圖片解釋：「我會從這裡下刀，據我所知，這個部位的肉是最嫩滑的……」

我毛骨悚然，連忙擺擺手：「無須多言，快點開始吧。」

阿明點點頭，拿出幾瓶藥：「這是安眠藥。」

「你打算一刀斬掉我的頭，即使吃了安眠藥，我也睡不著吧。」我說。

阿明說：「呃，我也不確定，你試試吧。」

我爬上木床，吃了一些安眠藥。

過了一會，我有少許暈眩，但不知何故，阿明面上的笑容反而更加清晰，他的眼裡充滿期待，烈火一般的期待。

阿明在期待什麼？噢，他期待把我吃掉。

他拿著刀步近。

阿明舉起刀，那一刻，也許是生物的本能在呼喚我，全身的細胞都在吶喊：「我不想死！」

我翻身跳下床，忍著暈眩的感覺，隨手拿起一個花瓶，狠狠擲向阿明。

阿明慘叫一聲，我用盡吃奶的力氣向外跑，我聽到他在後面大叫：「喂！」

我沒有停下腳步，我已經寫了遺書，表明自願被阿明吃掉，阿明對人肉的渴望如此強烈，他怎會放棄到手的食物？

我跑到門外，外面只有一部車、一條路。

我沒有車匙，若沿著直路跑，很容易被駕車的阿明追上。

我跑入大路旁的山林，直到完全看不到別墅，我才停下來休息了一會。

穿過這個山林，我就能逃出生天。

但是，這裡每棵樹都長得一模一樣，我應該怎麼走？

我迷路了，太陽下山後，天氣愈來愈冷，我依然找不到出路。

難道，我的結局不是被吃掉，而是在山林中餓死？

我不甘心！唯一一次為生存而奮鬥，居然也失敗了，我果然是一個失敗者。

我又累又餓，終於昏倒了。

我睜開眼睛時，看到頭上綁著繃帶的阿明。

我睡在別墅的床上，阿明嘆道：「幸好我去找你了，不然你真的會餓死。你為什麼突然發瘋，跑進山林？」

「我不想死！」生死邊緣，我才發現，原來我是渴望生存的。

阿明又嘆道：「唉，我猜到了。你休息一會，我送你去車站。」

「你讓我走？」我一怔。

阿明反問：「我為什麼不讓你走？」

我支支吾吾地說：「因為我答應了……要被你吃掉。」

阿明聳聳肩：「你改變主意了，難道我強行把你殺掉？」

「我以為你會。」我低聲道。

阿明強調：「弄清楚，我只是在飲食上有特殊嗜好，我可不是殺人犯！」

我有些不安，但是，阿明真的把我送到車站，沒有傷害我，只是他的情緒有些低落。

回家後，我仍然很迷茫。

阿明到底是什麼人？他殺過人、吃過人肉，但他堅信自己不是殺人犯。

無論如何，至少我找到了生存的理由：我不想死，就是這麼簡單。

過了一段時間，我看到一宗新聞，說阿明吃人的事被發現了，他被拘捕，被控謀殺。

但他不認罪，他認為自己已經取得對方的同意，算不上謀殺。

我出庭作證，我不懂法律，我也不知道阿明應該接受什麼刑罰，我只是把我的經歷說出來。

結果，阿明謀殺罪名成立，被判終身監禁。

據說，阿明在監獄裡變成了素食者，很多人都難以置信。

因為人們總愛將其他人簡化，壞人就只會做壞事，半件好事也不做。

事實上，人心是最複雜的，一個人可以心狠手辣地殺人，但同時可以是一諾千金的君子。

用一個標籤代替一個人，從來都是誤會的開始。

—完—

㊟：改編自真人真事，阿明．邁韋斯上網物色被吃的對象，有數人被綁起後反悔，阿明客氣地放走他們。阿明找到了志願者，殺人前，兩人曾以電郵詳細地商討吃人肉的方法。結果，阿明因謀殺被判終身監禁，在獄中變成素食者。

6 人頭何價

一刀，人頭落地，濺得我滿身是血。

今天，我殺了三個人，其實我討厭血腥味，不喜歡殺人，但我無可奈何。

森林資源有限，你的部族吃飽了，我的部族就會有人餓死。

大家都想生存，人人都希望親人可以活下去，根本沒有談判的空間。

唯一的答案是殺戮，殺戮製造仇恨，仇恨演變為更多的殺戮。

每次出外覓食，都是以命相搏，我們殺人，就有被殺的心理準備。

我的哥哥是族長，他提醒我：「阿方，記得把人頭拿回來，給巫師施法。」

是的，森林裡有一個傳統，我們會把人頭的脂肪、肌肉和表皮分開，用石頭和沙塞滿，製成一個拳頭大小的「乾縮人頭」，依稀還能看出生前的輪廓。

巫師說，人比動物強大，是因為頭部。

「乾縮人頭」可以保存人的神奇力量，通過巫術，把力量轉嫁給我們的部落，保佑糧食豐收。

這是真的嗎？我不懂巫術，不過這是傳統，傳統一定有道理。壯漢才充滿力量，所以被製成「乾縮人頭」的，都是最強壯的敵人。我處理過很多人頭，我明白，當我被敵對部族殺死，我的頭就會被製成「乾縮人頭」，天道輪迴，報應不爽。

晚上，巫師對著「乾縮人頭」施法，吸收所有人頭的力量。

我準備把廢棄的人頭丟掉，這時候，商人指著那袋人頭，好奇地問：「族長，那是什麼？」

這個商人在森林迷路了，也受了傷，他身上帶著一些有趣的產品，還答應離開後，會運糧食給我們作為報酬，所以族長允許他留下來養傷。

族長簡單地解釋這個傳統，但沒有詳述，每個部族施巫術的方法，都是不傳之秘。

豈料商人問：「這袋人頭還有用嗎？可以賣給我嗎？」

施術後的「乾縮人頭」當然沒有用，我們會當成垃圾，為什麼有人想買垃圾？

商人解釋道：「在我的城市裡，很多人喜歡特別的擺設。」

用人頭做擺設？用垃圾做擺設？城市人真奇怪。

不過，族長很快和商人談好價格，商人離開前，族長還送了兩個人頭給他。

沒多久，商人就帶著糧食回來，和族長換了那袋人頭。

全族人都很高興，一袋垃圾可以換珍貴的糧食。

商人興奮地說：「很多貴族都對『乾縮人頭』感興趣，你們有更多人頭嗎？」

「那些廢棄的人頭都丟掉了。」族長一臉懊惱地說：「你明年再來吧，到時我們又有一袋新的人頭了。」

「一年？只有一袋？」商人皺眉道。

族長點點頭：「每年春天，我們常常和敵對部族發生衝突，殺掉對方的勇士，製成『乾縮人頭』，巫師施術後，就可以把人頭賣給你。」

商人眼珠一轉，拿出一件棕色的東西：「這是火槍。」

商人示範火槍，把樹射出了一個大洞。

族長很激動：「火槍的射程比弓箭更遠，殺傷力更大。有了火槍，我們的部族就會立於不敗之地！」

城市人真厲害，能製作這麼厲害的武器。

「對，我帶來火槍，就是為了支持你們的勇士。」商人話鋒一轉：「不過，火槍的價格並不便宜……」

族長提出，用其他產品來換火槍，但商人說，城市裡什麼都有，只缺別出心裁的裝飾品……乾縮人頭。

族長和商人討價還價，定下了「一個人頭換一柄火槍」的交易，商人留下一支火槍作為訂金。

商人離開後，族長對火槍愛不釋手，立刻召集族人去「獵頭」。

我忍不住問：「早前和對面的部族爭奪水源，我們贏了。開戰的季節已經過去，還能怎麼辦？」

「我們主動攻擊他們的農地，他們一定會派勇士還擊。」族長指著火槍道：「有了這把火槍，我們就有優勢。」

主動去攻擊他們？我覺得有些不妥，但轉念一想，我們和對面的部族是世仇，每年都會互相撕殺，已經沒法分辨對錯了。

族長興沖沖地開戰了，本來兩族的勇士不相伯仲，但有了一柄火槍，在出其不意之下，我們大獲全勝。

然後，我們趕緊製作「乾縮人頭」，趕緊叫巫師施術，等待下一次交易。

沒多久，商人來了，他說「乾縮人頭」的銷量不錯，大家都喜歡這種神秘而有魔力的紀念品。

我們得到一批火槍後，在族長的帶領下，再次開戰。

但這一次，我們以慘敗收場，不少勇士戰士，我也中了一槍。

對，確實是中槍。

雖然我們有火槍，但對面的部族居然也有火槍，更多的火槍！

族長很生氣，商人再來時，族長質問他，為什麼要和對面的部族交易，害死我們的勇士。

商人急忙否認，他說「乾縮人頭」在城市的銷量很好，其他商人查探貨品的來源，找到了這個森林。

森林裡大部份部族，都有製作「乾縮人頭」的傳統。

對面的部族上次因火槍而大敗，了解火槍的威力，所以同樣進行了「以『乾縮人頭』換火槍」的交易。

「這樣巧？我不信！」族長捉著商人的把柄，威脅商人一定要帶走他的弟弟，我，到城市工作。

族長悄悄對我說，要我監視商人，看看他有沒有和其他部族交易，如果能學懂火槍的製作方法，就更好了。

結果，商人把我帶走，我成為了商隊的一名護衛。

到了城市後，我學習了很多新的事物，最令我深刻的一句話，是「天下熙熙，皆爲利來」。

而且，我發現「乾縮人頭」已經成為最流行的工藝品，很多商人都在做這個生意。

城市人把森林裡的部族，稱為「野蠻人」，他們則是「文明人」。

我初時很不忿，我們很野蠻嗎？

不過，城市的「文明」，是我們遠遠比不上的。

例如我想學習火槍的製作方法，商人沒有阻止我，他把我帶到工廠。

原來火槍是由機器製作而成，涉及很多原材料、電力和科學，根本不是我們能做到的。

我想在城市多留幾年，多學一些「文明」。

但我發現，城市裡的「乾縮人頭」，開始有女人和小孩的頭。

「乾縮人頭」本意是把人的神奇力量轉移，一向只用壯男的頭製成，婦孺哪有力量可言？

看來，「乾縮人頭」不再是用於施術，已經變成純粹的商品。

直覺告訴我，這件事很糟糕。

我匆匆趕回部族，發現部族一片愁雲慘霧。

原來，其他部族的火槍愈來愈多，族長嘗試投機取巧，以樹懶、猴子的頭來冒充人頭。

但城市的商人太過精明，很快就識穿了這些把戲。

他們不在乎人頭生前的身份，但必須是「人頭」，因為這樣更「獵奇」。

為了換取更多火槍，族長下令殺光族中的奴隸。

森林陷入奇怪的循環，所有部族都拚命製作「乾縮人頭」。

勇士的頭不夠了，就殺死奴隸，奴隸死光後，族中有老弱病死，族長不想浪費，也一併製成「乾縮人頭」。

奴隸死光了，族中自然死亡的人數有限。

我聽說，有些部族裡的婦孺，莫名其妙地死亡，被製成「乾縮人頭」。

換句話說，有些部族開始殺死婦孺。

族長有人性，沒有做這種事，還下令嚴禁自相殘殺。

所以，我們部族製成的「乾縮人頭」，比其他部族少，得到的資源較少，開戰時節節敗退。

部族的領土愈來愈少，死傷愈來愈多。

即是說，我們不肯自相殘殺，結果就是「被人殘殺」，再被製成「乾縮人頭」，換成敵人的武器。

絕望之際，有個商人提出一筆交易。

他要用大量的武器和資源，買族長的人頭製成的「乾縮人頭」。

因為，族長成為族長後，臉上會有一個特別的紋身，用以標示族長的身份。

城市人覺得，族長的人頭，比其他「乾縮人頭」特別，派商人前來交易。

族長慘笑著拿起刀：「弟弟，拜託你了。」

我緊緊抓著他的刀：「你想賣掉自己的頭？」

「經歷長年累月，這個紋身才變成現在的顏色，沒法找其他人冒充。」族長嘆氣：「失去這筆交易，我們就沒有機會翻身，我早晚也會戰死。」

看著微笑的商人，我的心一直往下沉。

我一直以為，城市人比我們更文明，可以堂而皇之地稱我們為「野蠻人」。

這一刻，我才發現，所謂「文明人」，只是他們懂得用更文明的方法，去做最野蠻的事。

我怎能用「文明」的方法，拯救哥哥的性命？

我靈機一觸道：「我們還有一樣東西可以賣！」

我要賣的，是「乾縮人頭」的製作方法。

一直以來，所有部族都有一個默契：不能洩漏製作方法。

一旦商人有了製作方法，我們失去了交易的價值。

但事到如今，對我們最有利的，是獲得大量武器，然後徹底中止這種交易。

我們賣掉製作方法，商人很滿意。

倚靠換來的新武器，我們終於可以守著現有的領土。

但沒想到，平靜只維持了一段很短的時間。

聽說，商人們在城市捕捉流浪漢，製作「乾縮人頭」，但是城市人和我們的外表略有不同，部份買家偏愛「野蠻人」。

所以商人們再次進入森林，不過，這次是以更低的價格，買我們的人頭，商人負責加工。

族長的頭特別珍貴，沒多久就被人圍剿殺死。

現在，我帶領僅餘的族人，努力地生存。

生存需要武器，武器需要用人頭來換……族人的數量愈來愈少，其實，整個森林的人都愈來愈少了。

這場仗，哪個部族贏了？

如果只有文明的手段，沒有文明的思維，
所造成的傷害，會比野蠻人更野蠻。

—完—

㊟：改編自二十世紀前，南美土著的「乾縮人頭」交易。
直至一九三〇年左右，政府把製作和交易列為違法，此後，各國也禁止進口「乾縮人頭」，這種交易終於告一段落。

賭命 7

福無雙至，禍不單行。

患上末期癌症的我，睡在病床上，靜靜等待死亡的來臨。

但我沒有想過，一山還有一山高，人生可以更糟糕。

和我結婚五十年的老婆，也患上了癌症。

雖然不是末期癌症，但她的情況也不太樂觀，後續的治療需要一大筆醫藥費。

我捉著兒子的手：「我要出院，不要把錢花在我身上了。我死定了，你把錢留起來，救你的媽媽！」

「爸，你冷靜一點，你出院也沒有用。」兒子解釋道。

唉，我發現自己患有癌症時，已經是末期，自知死路一條，所以我沒有選用昂貴的療法，只是付著最基本的住院費，和老婆需要的醫藥費相比，確是九牛一毛。

「至少能省一點錢……」我也不知道該怎麼辦。

兒子皺眉道：「我要上班，你出院後，誰來照顧你？難道媽媽要照顧你嗎？」

我無言以對，我痛恨自己，為什麼我一貧如洗？為什麼我患有癌症？我的存在簡直是一個負累。

我想自殺。

當我計劃自殺時，兒子把我接出院，送到一間療養院。

療養院的環境很好，我有點不安：「這裡比醫院更貴吧？不要浪費金錢嘛。」

「免費的。」兒子答。

我東張西望，大部份都是行將就木的老人，但他們的身體乾淨清爽，明顯是被妥善照顧著。

我低聲問：「這是慈善機構？」

兒子略一猶豫，點點頭。

他幫我登記後，我就被安排到一間單人房，不用再被其他病人的咳聲騷擾。

護士彬彬有禮，會幫我們洗澡、上廁所，外頭還有棋牌室和電視室等。

這麼好的待遇，讓我惴惴不安。

我問護士：「聽說這裡是免費的？」

護士點頭。

我又問：「我們要做什麼嗎？」

護士想了想：「今晚會有義工來探訪，你想換衣服嗎？」

沒多久，一群義工出現，他們的年紀有大有小，依從護士的指示，輪流探訪這裡的老人。

最後，有一個中年人和一個年輕人，留在我的房間。

年輕人看看我的名牌，害羞地說：「秦爺爺，我叫大文。」

長相內向的大文，開口後卻滔滔不絕，他問我患了什麼病、喜歡吃什麼、一天吃多少頓飯，連大小便的次數都不放過。

他們過於熱情，令我有點尷尬，但也頗為感動，現在的年輕人真是心地善良。

大文問：「秦爺爺，你喜歡吃什麼？」

「我喜歡吃炸大腸，入院後，當然不能吃炸大腸了。」我答道。

「我一會問問護士，如果你可以吃炸大腸的話，下次我帶給你吧。你還喜歡吃什麼？」

我想了想：「炸雞腿也不錯。」

中年人插嘴：「吃垃圾食物對身體不好。」

大文撇了撇嘴：「你懂什麼？活得高高興興的，才對身體好。」

「也有幾分道理。」中年人突然問：「秦爺爺，你沒有智能手機，會覺得沉悶嗎？我有一部沒用的舊手機，下次送給你好嗎？」

大文插嘴道：「好啊，我教秦爺爺用手機，我也有一部舊遊戲機……」

我以為他們只是開玩笑，誰知過了兩天，他們又來探望我，帶了食物、手機、遊戲機……

我手足無措，覺得自己不應該收這麼貴重的禮物，他們卻堅持，這些只是沒用的舊東西。

後來，也有其他義工來探望我，每個人都很熱情，很關心我的身體。

兒子來探望我時，我忍不住問：「這裡的待遇這麼好，是不是在我死後，要把我的器官全部賣掉？」

兒子答道：「癌症患者一般不能捐贈器官的。」

「唉，我想賺一筆錢留給你的媽媽。」我又問：「實話實說，這裡是什麼地方？為什麼不用收費，但大家都對我這麼好？」

兒子沉默了一會，說出真相。

原來，這裡是「死亡賭博中心」，集合了一群患有末期癌症的老人，讓開家下注。

如果我們一個月內死亡，莊家會勝出；如果我們活了半年，閒家可以賺三倍的利潤。

那些「義工」就是閒家，為了找到適合下注的對象，他們關心我的飲食和大小便，是想推斷我的身體狀況。

大文對我這麼好，因為他在我身上下注了，他希望我長命一點，他才可以贏錢。

我失望，原來所有的溫暖都是虛假的。

在他們眼中，我的生死，只是賭博的工具。

我本來想責罵兒子，但我想了一會，最終還是說：「不要緊，這裡有人免費照顧，可以節省開支，留給你的媽媽。」

「爸爸，你是不是真是很想……賺一筆錢醫媽媽？」兒子吞吞吐吐。

兒子用奇怪的表情，說出一個奇怪的要求。

原來，由於我看起來很精神，不少閒家都在我身上下注了。

莊家不想賠這麼多錢，就聯絡兒子，說如果我在這個月內死掉了，就給他一筆錢。那筆錢，足夠負擔老婆的醫藥費。

「今天是第二十六天，還有四天。」兒子嘆道：「我不同意，但你一直想救媽媽，我有責任把這件事告訴你。」

我跳下床，目光灼灼地盯著兒子。

我自知活不了多久，如果早點死掉，就可以救愛妻一命，我心甘情願。

我連忙問：「我要怎麼死？跳樓？上吊？抑或有毒藥？」

兒子搖搖頭：「不行，如果是意外身亡、自殺、絕食……莊家依然要賠錢，服毒也容易被發現，總之要自然死亡。」

「自然死亡？」我有點困惑。

「你有沒有聽說過，有人用堅強的意志力，樂觀正面地面對人生，不藥而癒？」兒子很尷尬地說：「也許可以反過來，你用軟弱的意志力，悲觀負面……就會死？」

我一口答應，我身患重病，要死應該不難吧？

深夜，我躲在被窩裡，用拳頭捶自己的腹部，希望可以擊破腹內的腫瘤。

但我病弱已久，拳頭乏力，我又不敢用工具，生怕被人發現。

我放下拳頭，努力回想從前的不快經歷，用念力對自己說：「死吧，去死吧……」

結果我睡著了。

如是者過了幾天，我還沒死。

第三十天，兒子來探望我，我很愧疚：「我努力回想很多不快的事情，我哭得一塌糊塗，卻還沒死，我該怎麼辦？」

「用不著了。」兒子沉默了一會：「昨晚媽媽逝世了。」

我的腦子「轟」的一聲，連嘴唇也在顫抖：「為什麼？為什麼？她不是末期癌症！」

「因為我們沒有本事，我們沒有錢給媽媽治病，她只能吃止痛藥……」

兒子的聲音愈來愈遙遠，我的意識裡只剩下一件事：我最愛的女人死了，因為我沒有錢。

我已經沒法聽到兒子的聲音，我全身都很痛，又彷彿不痛了。

我想，我真的要死了。

臨終前，我覺得自己的心跳已經停頓了，但我忽然昇起一個古怪的念頭：也許老婆還活著，只是我還沒死，兒子謊報她的死訊，想令我激動而死？

我現在死了，兒子拿到那筆錢，就可以把她治好吧。

但莊家是不是真的會付錢？即使有錢，是不是真是可以治好她的病？

—完—

㊟：改編自「死亡賭博街」的傳聞，傳說，曾有人以互助會為名義，掌握癌末老人的病況，專門賭病人的死期。

只要病人在半年內死亡，賭客可以獲利三倍，據說賭資以億元計。

8 邪惡在樓上

朋友都以為，我有一個美滿的家庭。

我有一份不錯的工作，有一個收入豐厚的老公，有兩個兒子，大概是一個平凡女人可以得到的最大幸福。

但是，當老公狠狠地毆打兩個兒子時，我忍不住懷疑，我幸福嗎？

直到有一次，我意外地發現，我最好的朋友，一個經常炫耀夫妻恩愛的女人，身上有著無數新舊交錯的傷痕。

「他打你？」我義憤填膺。

她沒有哭訴、沒有憤怒，她的即時反應，是苦苦哀求我……不要說出去。

那一刻，我意識到「幸福」的真正含義：努力隱藏生活中的不如意，對外展現最光輝的一面，得到其他人的艷羨和認可。

我是一個平凡的女人，我素來遵守規則，正如大家說「女人三十歲就要結婚」、「結了婚就要生孩子」、「生一個孩子是不夠的」……我全部都做到了，才獲得現在的「美滿生活」。

所以，我沒有把老公家暴的事情說出去。

值得慶幸的是，兩個兒子很乖，成績不錯，親友都很羨慕。

但是，最近我面臨一個新問題，我的小兒子阿治，學壞了。

阿治結交了兩個「大哥」，都是流氓。

阿治常常帶他們回家，我勸阿治不要和他們來往，但阿治反問：「你不知道嗎？自從我認識了大哥，爸爸就沒有打過我們了。」

我無言以對，事情的確是這樣，兩個兒子升讀中學後，老公還會對他們拳打腳踢。

但阿治的「大哥」出現後，老公敏銳地發現，這群流氓不好惹，就沒有再打人。

為免自己的權威被挑戰，老公開始對兩個兒子犯的錯誤充耳不聞，甚至故意避開阿治，把他的房間搬到二樓。

我的願望，就是「兩個兒子不再被打」吧？我應該滿意這個結果。

所以我默不作聲，直到阿治帶回來的人愈來愈多，愈來愈複雜，我忍不住罵了他幾句。

結果，阿治毫不猶豫地打了我兩巴掌。

「這是爸爸教的家規。」阿治笑容輕蔑。

一群流氓在旁指指點點，我感到很羞恥，我身為母親，怎麼可以被兒子打？

我捂著臉，落荒而逃。

幸好，他們雖然是流氓，但他們不八卦，我捱打的事情沒有外傳。

從此，我努力避免與阿治發生衝突。

或許，我沒有能力教好阿治，但至少我還有一個乖巧勤奮的大兒子。

等阿治十八歲，搬走，我身為母親的任務就完成了。

直到有一晚，阿治一群人帶了一個女生回家，我只看到他們匆匆忙忙走上二樓的背影。

阿治談戀愛了，他帶女友回家？

此後那幾天，阿治叫我多煮一份飯菜，他拿給那個女生吃。

阿治還會帶一些陌生的年輕人上二樓，樓上偶爾傳來一些奇怪的呻吟，看來他們不是在談戀愛，而是……唉，不痴不聾，不做家翁。

幾天後，我上二樓打掃。

那個女生坐在房間裡，形容狼狽，她一看見我便雙眼發光：「阿姨，救我！」

在她低聲的敘述中，我知道她叫小順，今年十七歲，被阿治這群流氓禁錮了。

小順說：「他們強姦我，打我。」

我瞧瞧她手臂上的淤青，不是傷得很重嘛，平日阿治打我，我的傷勢都比她重。

房間外，阿治和幾個流氓在打麻將，我也沒法幫助小順。

我只好對小順說：「你趕緊回家吧。」

我想，阿治他們玩膩了，就會放走小順。

一周後，我上三樓打掃，小順還在那裡。

阿治突然出現，嬉皮笑臉地說：「小順是我的女友，她想在這個城市找工作，所以來這裡暫住。」

阿治看向小順：「對嗎？」

小順用力地點頭，一雙大眼睛裡只有無盡的惶恐。

我知道阿治在說謊，但我有什麼辦法？

我只能說：「讓她回家吧。」

沒多久，有一晚，我忽然聽到小順淒厲的慘叫聲。

我忍不住對阿治說：「你們在幹什麼？鄰居會聽見的。」

阿治聳聳肩：「小順想逃走，我們不過是小懲大戒。」

他不再說小順是他的女友，但他不說謊，卻比說謊更令我恐懼。

事後，我無意中聽到那些流氓閒聊，才知道所謂的「小懲大戒」，是用火燃燒小順的腿。

我還知道，他們曾用不同方法虐待小順，包括逼她喝酒、全身赤裸在陽台跳舞（現在是冬天）、昏倒後就用水把她淋醒……

我毛骨悚然，我忽然意識到，如果我任由小順留在這裡，將會發生更可怕的事情。

所以，趁阿治和那些流氓外出後，我連忙趕到二樓，想放走小順。

但令我意外的是，我的大兒子，最乖巧、最勤奮的大兒子，坐在房門外。

我連忙問：「你在做什麼？你不是在溫習嗎？」

「阿治叫我盯緊她。」大兒子指著房間。

我很焦急：「你別管他，讓小順回家。」

「不！小順會報警，我們全都會坐牢！」大兒子緊緊抓著我的手。

我一怔：「你們？你參與了？」

「阿治逼我……」大兒子垂下頭，滿臉愧疚。

我不想過問，大兒子到底參與了哪部份，是強姦、虐待抑或禁錮。
只要大兒子參與了這件事，一旦小順報警，他的前途就毀掉了。
我想和小順談判，我放走她、私下賠償，讓她承諾不會報警。
但我剛剛打開房門，我的希望就幻滅了。

小順躺在地上，腳上滿是傷口和膿血，整張臉都被打到腫了，不像人形。
房間裡瀰漫著排洩物、汗味和傷口腐爛的氣息。
小順輕輕抓著我的褲子：「阿姨，我餓了……」
我連忙問大兒子：「為什麼小順會餓？我每天都有多煮一個人份量的飯菜，讓阿治拿上來。」
「阿治的朋友常常過來，把飯菜都吃光了。」大兒子解釋道。
我問：「小順多久沒有吃飯？」
「呃，我有給她喝一些牛奶。」大兒子囁囁嚅嚅地說。
以小順的傷勢，肯定要到醫院接受治療，醫院怎可能不報警？

這時候，開門的聲響起，是阿治回來了。

我連忙離開二樓，裝作若無其事。

此後，我偶爾會給大兒子一些面包，叫他餵餵小順。

我開始想，老公知道這件事，而且有時小順叫得淒厲，鄰居應該都聽到了。

所有人都沒有報案、沒有作聲，那麼沒道理要我承擔責任吧。

我一直相信，大部份人選擇的路，就是正確的路。

這一次，大部份人選擇沉默。

直到有一晚，阿治和那些流氓，慌慌張張地抬著一卷毛氈出門了。

我到二樓一看，小順已經消失了。

我長嘆一口氣，默默清理房間裡的排洩物和血跡。

第二天，阿治突然步入我的房間。

這一次，充斥在他眼裡的，不再是凶狠和輕蔑，而是深深的恐懼。

阿治惴惴不安地問：「媽媽，我們把她放進鐵桶裡，封上水泥，應該不會被發現吧？」

「不會吧。」我也希望不會被發現。

「小順會生氣嗎？會變成厲鬼回來報復嗎？」阿治顛三倒四地解釋。

原來，小順很喜歡看某套電視劇，她被禁錮時，曾經說起，可惜沒能看到大結局。

所以，阿治就把那套電視劇的光碟，放進鐵桶裡。

阿治問：「我滿足了她的願望，她應該會原諒我吧？」

這一次，我沒法回答「她會原諒你」，因為我也沒法原諒自己。

一個月後，參與這宗案件的兩個流氓，因為一宗輪姦案而被捕。

錄口供時，他們不小心透露了小順的事情。

於是，這宗案件暴露了，警方也找到了小順的屍體。

所有流氓都被拘捕，所有人都知道，我的兒子是殺人犯。

我們兩夫妻只好辭職、搬家、隱姓埋名，不再擁有從前的「幸福生活」。
但從前，我真的幸福過嗎？

不是每個人都有揭破邪惡的勇氣。
但邪惡，從來不會因為沉默，而消聲匿跡。

—完—

㊟：真人真事改編自日本「女子高中生水泥埋屍案」，少女被一班未成年人，監禁凌虐長達41天，死亡後再以汽油桶灌水泥的方式，棄置屍體。
禁錮期間，其中一名凶手的家人，曾發現此事，並參與送飯，但畏懼凶手的暴力手段，只叫少女快點回家。
鄰居曾聽見少女的慘叫聲，據說知情者超過百人，但沒有任何人作出行動。

9 我爸是凶手

爸爸。

他移民後，這個稱呼已經離我很遙遠。

當我收到關於他的消息，已經是他的死訊。

我並不意外，人終有一死，他年過九十，總算是壽終正寢。

我飛到爸爸所在的城市，處理他的身後事，收拾他的遺物。

我發現了一張女人的照片，照片中的女人微微瞇眼，有一種冷漠又魅惑的矛盾。

爸爸生性風流，有五次婚史，女友更是多不勝數，藏有女人的照片不足為奇。

但我心裡昇起一種怪異的感覺，忍不住反覆翻看那張照片，那個女人戴著一個別緻的頭飾。

我忽然想起一個人，上網搜索她的名字，照片中的女人，果然是莫麗。

莫麗是一個美女，出身貧寒的她，希望憑著自己的美貌，獲得名氣，獲得更優越的生活。

她住在電影城，希望被星探發掘，也許是運氣不好，也許是她根本沒有那麼漂亮，總之她沒有被發掘。

為了生活，她開始周旋在不同男人之間。

折騰了一年，莫麗失望了，她不再有成名的幻想，他決定回鄉過著平靜的生活。

一周後，莫麗一夕成名，以最可怕、最殘酷的姿態。

一具女屍在草叢中被發現，屍體攔腰折斷，全身多數受傷，子宮消失了。

最詭異的是，她的嘴角被割開，直到耳朵處，像一個大笑的小丑。

驗屍後，證實屍體屬於莫麗，更證實她死前被折磨超過四十個小時，但沒有受到性侵犯。

她的身體，很可能是活著時被斬斷。

囂張的凶手，寄了一封挑釁信到警局，更附上莫麗的隨身物品。

哪怕有那麼多的資料，依然無法確定凶手的身份。

狡猾的凶手，看似提供了很多線索，其實隱藏了所有關於自己的證據。

而且，這宗案件在四十年前發生，當年的鑑證科技遠遠沒有那麼發達。

這宗懸案，被稱為這個城市最駭人聽聞的慘案，不時被人提及。

我當年在報紙上看過莫麗的照片，曾和朋友討論，凶手是什麼人。

我們沒有什麼專業的想法，只有幾個常見的推論：

一，根據報導，凶手切割屍體的手法很專業，了解人體構造，凶手可能是醫生，或受過相關訓練。

二，凶手不圖財不圖色，也沒有其他手法類似的案件，不像是連環殺手，很可能是針對莫麗的情殺案。

警方也有這些推論，當年查案時，已經排查了每一個與莫麗有感情瓜葛的男人，卻沒有找到線索。

但這一刻，我生出一個古怪的念頭。

我仔細翻查爸爸的遺物，他不是一個喜歡收藏的人，連自己的照片都沒有留下來，卻特地收藏了一張莫麗的照片。

加上爸爸生性風流，我不會相信，他和莫麗毫無關係。

本來，「有關係」和「是凶手」是兩回事，但我細思極恐。

爸爸退休前，是一個外科醫生，他擁有切割屍體的專業知識。

而且，凶案發生後，沒多久爸爸就移民了，他的移民沒有什麼特別原因，難道是為了逃避警方的追查？

再回想爸爸的性格，他的佔有慾很強，和媽媽在一起時，媽媽和其他男人多說一句話，他也會責備媽媽。

雖然他生性風流，但他不容許他的女人背叛他。

那一晚，我一夜無眠，一合上眼睛，就會想起莫麗的樣子。

我開始調查這宗案件，我的證據主要是猜測，我需要更實際的證據。

我發現，案發後，爸爸曾經錄口供，原來他是莫麗的入幕之賓之一，他的口供當然沒有什麼特別之處。

我找了很多朋友幫忙，花了很多錢，找到當年凶手寄到警局的信，請來筆跡專家作比對。

結果，爸爸的筆跡和凶手的信，相似度超過八成。

種種證據，加上我對爸爸的了解，令我相信他就是凶手。

我甚至能想像他的心路歷程，他愛上了莫麗，但莫麗沒有被他迷倒，反而繼續和其他男人周旋。

爸爸妒火中燒，這時候，莫麗居然準備回鄉，離他而去。

基於「我得不到，也不可以讓其他人得到」的心態，爸爸虐殺了莫麗。

沒想到，查案的過程中，其中一個來幫忙的朋友，把這件事洩露了。

莫麗案找到真凶！

這個消息掀起軒然大波，爸爸的親戚和媽媽都怪我多事，敗壞家族的名聲。

我手足無措，我一心想查出真相，但我還未想好，查到真相後該怎麼做。

與此同時，我得到很多陌生人的支持，他們都讚我大義滅親。

他們說，雖然爸爸已經死了，雖然這宗案件已經過去了四十年，但時間，不是縱容罪惡的理由。

還有人說，哪怕凶手無法受到懲罰，但多找出一個真凶，就可以更理直氣壯地告誡世人，天網恢恢，犯罪終會被揭發。

我終於明白我的目標，更產生了一種使命感。

我雖然一生正直，但若論成就，前半生可算是庸庸碌碌。

說不定我的使命，就是揭破這單懸案！

我願意為此受苦，再苦，都不會比莫麗死前那四十個小時更苦。

但這時候，政府頒佈了一個聲明。

政府不承認，我的爸爸是莫麗案的凶手，莫麗案依然被列為懸案。

否認的理由很簡單，在「無罪推定」的原則下，我提供的所有證據，都不足以令一個人入罪。

職業是醫生、後來移民了，當然不是罪證；佔有慾強、不許背叛，只是我的一面之詞。

唯一的實際證據，就是八成相似度的筆跡。

單憑筆跡，法庭不會把一個人判斷為凶手。

假如爸爸還活著，這些證據足以令他有重大嫌疑，會有專家審問他，查探他的行蹤，找出更多蛛絲馬跡……直至破案。

但爸爸已經死了，加上事隔四十年，很多證據都散失了，我拚盡全力，只能找到這些證據。

不過，現有的證據，加上我對爸爸的了解，已經足夠令我堅信，他就是凶手。

其實，大部份人都認為，爸爸是真凶。

只有政府不認同，只有墨守成規、總要強調程序、制度的政府，不認同我們的判斷。

莫麗案，依然是「懸案」。

我無法接受這個結果，我要把這件事公開，讓所有人都來評評理，到底我爸是不是真凶！

我把這宗案件，以及我尋找證據的過程，寫成一本書。

那本書的銷量很高，電影公司買了版權，打算拍成電影，我很高興。

高興不是因為賺了錢，而是我想得到大家的認同，用公眾壓力去揭破邪惡。

但事情的發展，愈發出乎意料。

開始有些人認為，我爸不是凶手，是我故意誣衊他，動機就是增加作品的銷量、成名、賺錢……

簡直荒謬！哪有人會為了寫一本書，誣衊爸爸是變態殺人犯？

我立刻召開記者會，公開反駁這些荒謬的言論。

我努力反駁，卻愈來愈多人反對我的說法。

他們沒有實質證據，但就是不相信我的說法。

我的年紀愈來愈大，生命中最後的日子，幾乎都花在辯論上。

但直到我死前的那一天，我也無法說服所有人，有一半人不相信我，認為我只是嘩眾取寵。

我公開這件事，只想希望得到更多人的支持，令政府承認我的調查結果。

沒想到，事情被宣揚後，反而有很多人不相信我。

也許，人總是相信自己發現的真相，卻不相信別人努力傳揚的結果。

你雲淡風輕地洩露一個秘密，人人視為真相；你聲嘶力竭地說一個結果，大家就會懷疑你的動機，把你的話當成謊言。

我們以為，我們在乎真相，但有時候，我們留意的，是說出真相的姿態。

—完—

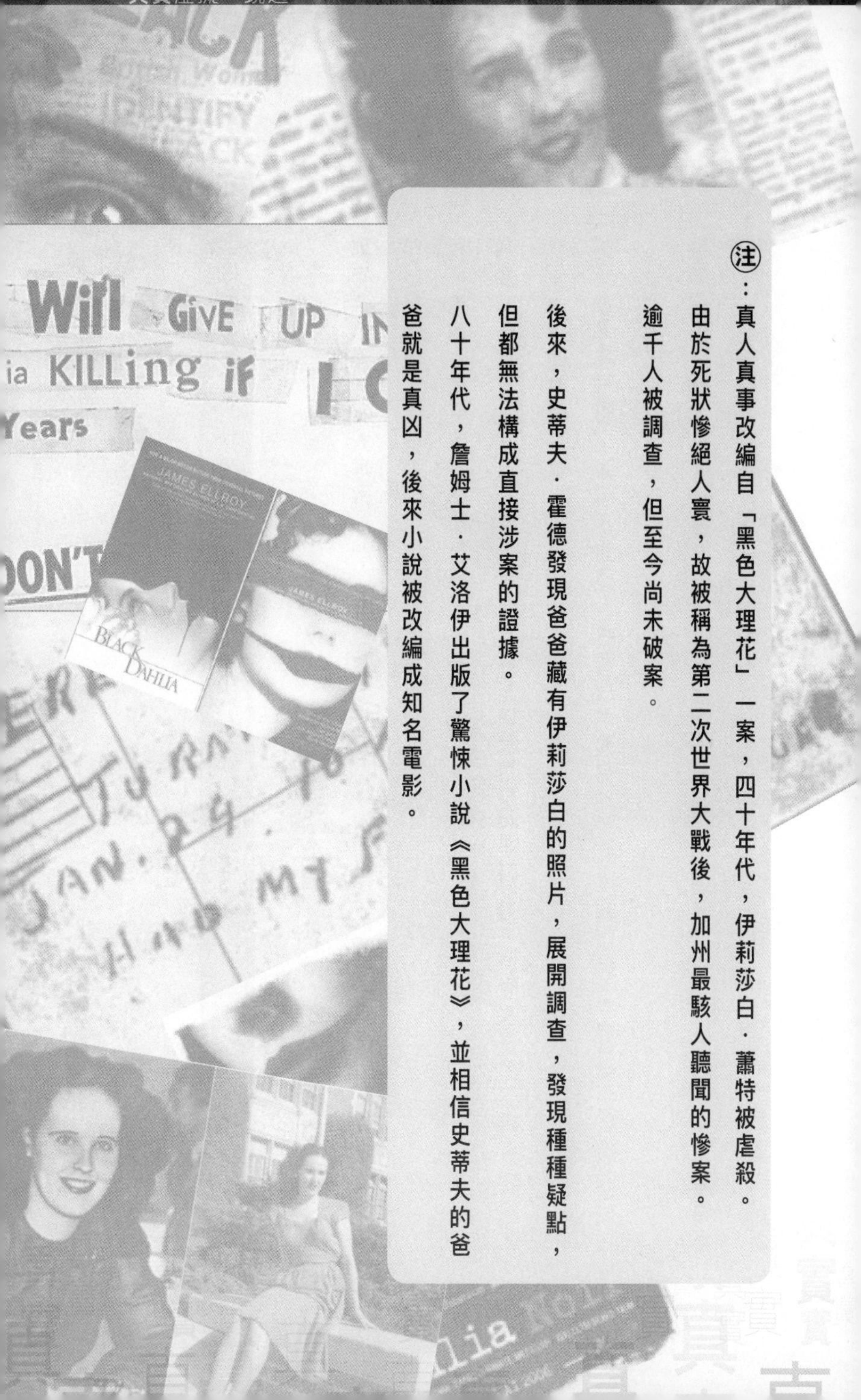

注：真人真事改編自「黑色大理花」一案，四十年代，伊莉莎白．蕭特被虐殺。由於死狀慘絕人寰，故被稱為第二次世界大戰後，加州最駭人聽聞的慘案。逾千人被調查，但至今尚未破案。

後來，史蒂夫．霍德發現爸爸藏有伊莉莎白的照片，展開調查，發現種種疑點，但都無法構成直接涉案的證據。

八十年代，詹姆士．艾洛伊出版了驚悚小說《黑色大理花》，並相信史蒂夫的爸爸就是真兇，後來小說被改編成知名電影。

10 祖母被姦殺後

71歲的祖母被姦殺，屍體被發現時，手腳被綁，下半身赤裸。

那年我十歲，不太理解什麼叫「姦殺」，我只知道，祖母遇到壞人，被殺掉了。

我和弟弟一邊哭，一邊叫嚣著要懲罰壞人。

八歲的弟弟穿著超人外套，衝出門外，嚷著要把壞人打敗。

父母努力地提供線索，回憶祖母最近的行蹤，希望可以把凶手捉拿歸案。

但這種眾志成城，漸漸出現了一種奇怪的變化。

警方還未找到凶手，幾個月內，發生了四宗類似的姦殺案，受害人由18歲至25歲不等。

根據犯案的模式和線索，警方認為，應該是同一個凶手所為，是連環殺人案。這宗案件成為整個城市的焦點，女士們人人自危，不敢單獨出門。

我們也受到奇怪的關注，總有些壞女人假惺惺地安慰，嘴裡卻說著一些奇怪的話。

「其他受害者很年輕，只有你的祖母老了，她一定長得很美吧。」

「你的祖母總是穿得花枝招展吧？。」

「你的祖父早逝，你的祖母守寡多年，很寂寞吧？連小命也丟了……」

同學都對我投以好奇的目光，也許他們還未理解什麼是「姦殺」，但他們知道，我的祖母經歷了一件奇異的事情，一般人一輩子都不會遇上的事情。

因為奇異，所以歧視。

父母開始沉默，不再熱衷於尋找線索，默默地搬家了。

只有弟弟，一如既往地穿著超人外套，叫囂著要懲罰壞人。

我和弟弟慢慢長大，凶案斷斷續續地發生了五年，超過十個女人遇害，包括另一個老婆婆。

不過，這些都不重要了，時間可以撫平一切，包括傷痛和流言蜚語。

弟弟成年後，有一天，他告訴我，他終於成立了「受害者聯盟」，問我願意加入嗎。

「什麼聯盟？」我幾乎懷疑自己的耳朵。

弟弟答：「我聯絡了另外九個受害者的家屬，有七家人同意加入聯盟，一起找到凶手，把他繩之於法。」

我忍不住說：「祖母的死已經過去了十年，當年排查了兩萬個疑犯，也找不到凶手。」

弟弟充滿信心地說：「天網恢恢，疏而不漏。」

「最近五年，都沒有類似的案件，也許凶手已經死了。」我又說。

弟弟咬牙切齒地說：「也許他結婚生子，修心養性，幸福美滿。他的罪惡不為人知，人人都以為他是一個好男人，公平嗎？」

我沒法勸服弟弟，所以，我們互不干涉。

我正常地生活，沒有提起祖母的事。

弟弟一心尋找真凶，每逢科學界有新的鑑證技術，弟弟也會格外留意，看看能不能和祖母的案件扯上關係，但一直沒有進展。

祖母的案件，已經過去了十年、二十年、三十年。

家人都勸弟弟放棄，「受害者聯盟」的家屬也陸續退出，或自然死亡。

我對弟弟說：「三十年過去了，即使當年祖母沒有遇上凶手，她現在也壽終正寢了。」

「正義不可以用時間計算。」弟弟眼神堅定地說：「即使祖母明天就會死，今晚有人殺了她，也是謀殺，沒有人可以剝奪另一個人的生命。」

弟弟的堅持，終於得到答案。

祖母死後三十三年，研究院從犯罪資料庫中，找到一個叫李春的56歲男人，和凶手留下的DNA是一致的。

找到凶手，他應該接受法律的制裁，但世事遠遠沒有這麼簡單。

根據當年的法律，刑事追訴期只有十五年，連環殺人案的最後一宗案件，都已經過去了二十多年。

雖然後來刑事追訴期的法律有所修改，但時間上，不可以追訴這宗案件。

換句話說，我們找到凶手，但我們沒法起訴凶手。

「姐姐，我會聯合其他受害者家屬，找媒體幫忙，一定要起訴李春。」弟弟咬牙切齒地說：「不可以讓他逍遙法外。」

我提醒弟弟：「李春沒有逍遙法外。」

假如李春當年逃離法網，過著幸福快樂的生活，我當然不甘心，要令他得到應有的懲罰。

但是，二十多年前，李春因姦殺妻妹而入獄，判處終身監禁，還在坐牢。

當年的鑑證科技沒有那麼先進，沒有人知道，李春也是連環殺人案的凶手。

即是說，即使我們成功起訴李春，並且罪名成立，李春依然被判終身監禁，可能還住在同一個牢房。

這事不但勞民傷財，還會再次揭起我們的傷疤，所有朋友都會知道，我的祖母是被姦殺的，李春的情況卻沒有任何改變。

何必呢？

弟弟強調：「不同的，李春是因為姦殺妻妹而坐牢，不是因為連環殺人案，更不是因為祖母的死。」

「那又如何？刑事最高刑罰，就是終身監禁，一個人只有一個『終身』。」我反駁道。

弟弟回答：「那是責任。他要承擔每一條人命的責任。」

我嗤之以鼻地說：「李春喪心病狂，殺了那麼多人。難道你起訴了他，他便會良心發現，下半輩子活在愧疚中？」

「正義，就是每一個做錯事的人，都為每一件錯事，得到應有的懲罰。」弟弟語氣堅定。

不過，認同弟弟的人並不多。

有幾個家屬一直留在「受害者聯盟」，堅持緝凶。

但當警方找到真凶，凶手已經被判終身監禁，他們都鬆了一口氣。

只有弟弟四方奔走，千方百計要起訴李春。

正義，更重要的是過程，還是帶來現實的改變？

如果再多的奮鬥，不會改變現實，我們應該追求正義的過程嗎？

—完—

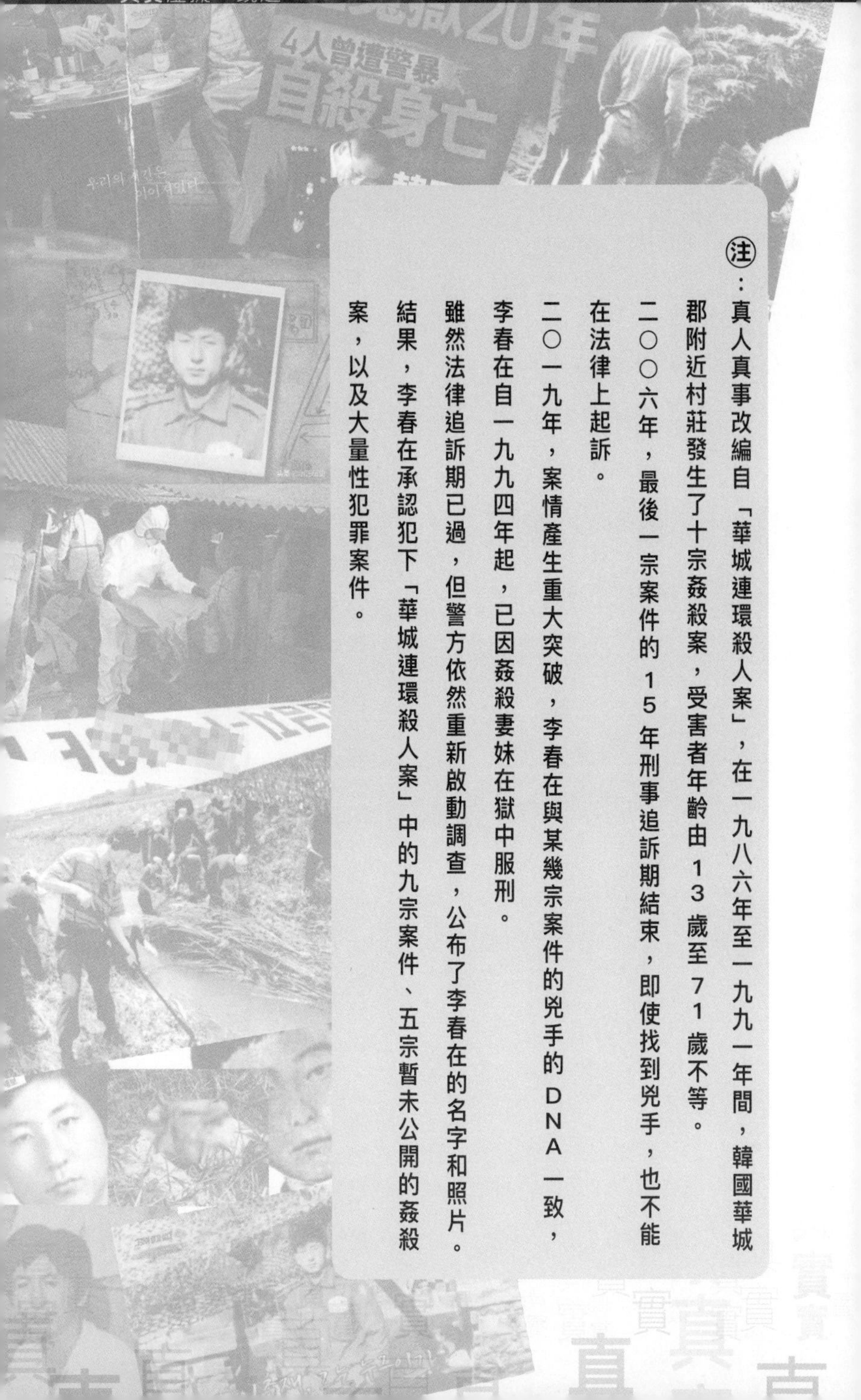

注：真人真事改編自「華城連環殺人案」，在一九八六年至一九九一年間，韓國華城郡附近村莊發生了十宗姦殺案，受害者年齡由13歲至71歲不等。

二〇〇六年，最後一宗案件的15年刑事追訴期結束，即使找到兇手，也不能在法律上起訴。

二〇一九年，案情產生重大突破，李春在與某幾宗案件的兇手的DNA一致，李春在自一九九四年起，已因姦殺妻妹在獄中服刑。

雖然法律追訴期已過，但警方依然重新啟動調查，公布了李春在的名字和照片。結果，李春在承認犯下「華城連環殺人案」中的九宗案件、五宗暫未公開的姦殺案，以及大量性犯罪案件。

我的兒子是蟄居族

11

所有親戚、朋友、鄰居，都認為我很幸福。

我有一個正直而深情的丈夫，他是一個很高級的公務員，快要退休了，有近一千萬的退休金。

我有一個孝順的女兒，她已經結婚了，也有自己的事業，每個星期都會探望我們。

大家都說，等老公正式退休，我們可以環遊世界，可以享受生活……

但我知道，我們沒法環遊世界。

因為我還有一個兒子，他叫阿英，今年四十歲，沒有談戀愛，沒有上班，甚至沒有出門。

我不知道他多久沒有出門了，總之，鄰居不知道我有一個兒子，以為我只有一個女兒。

阿英讀中學時，被同學欺凌。

不知從何時開始，阿英會打我，用菜刀嚇我，想把他在學校承受的苦難，報復在我身上。

我可以怎麼辦？我不可能報警，只能致電給老公。

然後，正在上班的老公匆匆趕回家，把阿英制服，罵他一頓，然後……等待他下一次的暴力。

幸好，畢業後，阿英搬走了。

他做過幾份工，但沒有一份超過三個月，他說人們看不起他，不懂欣賞他。

不上班就沒有收入，阿英唯有問老公要錢：「沒錢了，我要付租金！」

聽到這句話，我悚然一驚，如果阿英沒錢付租金，他就會搬回來，便會打我。

我便說：「他始終是我們的兒子。」

此後，我們每個月會給阿英兩萬元的生活費。

我覺得，父愛可能比母愛更偉大。

至少，我對這個「一不高興就動手」的兒子，已經充滿恐懼和無奈。

但老公放假時，就會去阿英的家裡，幫他打掃、帶他出外吃飯，還想帶他見心理醫生，但阿英拒絕了。

儘量有時老公回家時，臉上帶著傷痕，但他依然會探望阿英。

我以為這種生活會持續一輩子，我以為只要不與阿英見面，就可以享受我的幸福家庭。

直到有一天，我接到阿英的電話：「媽媽，我明天搬回來。」

我的手一直在發抖，手機都摔壞了，當年我被持刀的阿英逼到角落、不斷發抖的恐懼，再次湧上心頭。

我無助地看向老公，想尋求少許安慰：「阿英……阿英改過了吧？」

老公沒有回答，只是說：「阿英始終是我們的兒子，難道不讓他回家嗎？」

我的心直直地向下沉，我已經知道答案，阿英仍然會打我。

但我沒法拒絕，阿英知道我們住在哪裡，老公是高級公務員，如果阿英到政府部門鬧事，老公顏面盡失，照樣要讓阿英回家。

阿英回家後，天天窩在房間裡打遊戲，對我們呼呼喝喝。

我在網上閱讀了一些資訊，這種人叫「蟄居族」，不上班、不與外人交往，逃避社會，從心底裡抗拒人群。

不過「蟄居族」不一定有暴力傾向，唉，我不奢望阿英變成正常人，只希望他不要那麼暴力。

我唯有小心翼翼地做人，連呼吸都不敢用力，希望阿英不要注意我的存在。

但「命運」這回事，不是低調就可以躲開的。

阿英嫌棄飯菜不夠美味，罵了兩句，就一拳窩在我的腹部。

我的腦子一片空白，立刻呼救：「老公！」

然後，我的丈夫，那個發誓會一生一世保護我的男人，毫不猶豫地衝過來，伸手推開阿英。

推不開。

阿英反手抓著老公的衣領，把他的頭撞在牆上，再撞在門上。

老公像一隻破爛的玩具，被阿英隨意揮舞，肆意折磨。

我忽然意識到，他老了。

儘管他想保護我的心從來沒有改變，但體力的差距，注定他不再是阿英的對手。

阿英累了，他丟下老公，去了廁所。

我不知道阿英何時會回來，繼續毆打父母。

我一手抓了幾包餅乾，扶起受傷的老公，匆匆回到房間，把門鎖死。

門外傳來阿英的叫囂：「我會殺掉你們！」「一定會殺死你！」

兩天內，我們都沒有離開房間，倚靠幾包餅乾度日。

「老婆，對不起。」

我苦笑：「何須道歉？阿英也是我的兒子。」

老公摸摸我的頭，沒有作聲。

我隨手打開電視機，電視正在播一宗新聞：「特別新聞報導，一名51歲男子持刀，在街上無差別刺殺路人後自殺，造成3死、17傷。有消息指，該名男子是中年『蟄居族』，心理學家表示，社會應多關注『蟄居族』的心理健康。」

我感慨道：「嘩，他真凶殘，拿著刀四處殺人。」

老公居然問：「你猜，阿英會是下一個凶手嗎？」

「四處殺人？他不會的。」我下意識回答，但回答後，我居然沒有任何論據去支持我的論點，老公皺著眉道：「我一生正直，如果兒子是殺人犯，我寧願……他殺了我。」

我沒有在意老公的胡言亂語。

兩天後，老公要上班，必須離開家中。

幸好，阿英躲在房間裡玩遊戲，玩得興起，沒有理會我們的動靜。

阿英的怒氣來得快，去得快。

我努力煮好飯菜，希望不再惹起阿英的怒火。

但無論我做得多好，要發生的事，始終發生。

那天，附近有小學舉辦運動會，那些小學生太興奮了，鬧得沸反盈天。

聽到他們無憂無慮的聲音，我不禁想起阿英讀小學時，他曾經是一個可愛的小男孩

……

「真吵！我要把你們殺光！」阿英對著窗戶大叫道。

老公生氣了，我立刻捉著他的手，怕他與阿英發生衝動，好漢不吃眼前虧。

沒想到，老公深吸了一口氣，便坐下了。

第二天下午，我正在衣服，忽然聽到警車的響聲，然後是敲門的聲音。

我開門，一群警察衝進我家，直衝向二樓阿英的房間。

原來，老公用刀斬死阿英，然後致電自首。

一片混亂之間，我隱約看到老公無助的白髮，在人羣中顫抖。

老公的口供很簡單，他害怕阿英會殺死我，更怕阿英會成為下一個無差別殺人的凶手。

於是，他決定在自己還有行動能力的時候，親手殺死阿英。

他認罪，他不後悔。

後來，很多人議論這宗案件。

有人說，阿英可能會無差別殺人，對社會沒有貢獻，殺他是為民除害。

又有人說，不應該為一個人還未犯下的罪行，預先判刑。

但我知道，老公殺阿英時，他沒有想那麼多。

他沒有選擇。

人生最難的路，叫「認真無路」。

你很認真地去做好每一件事，但你的路愈來愈窄，最後無路可走，只剩一條死路。

—完—

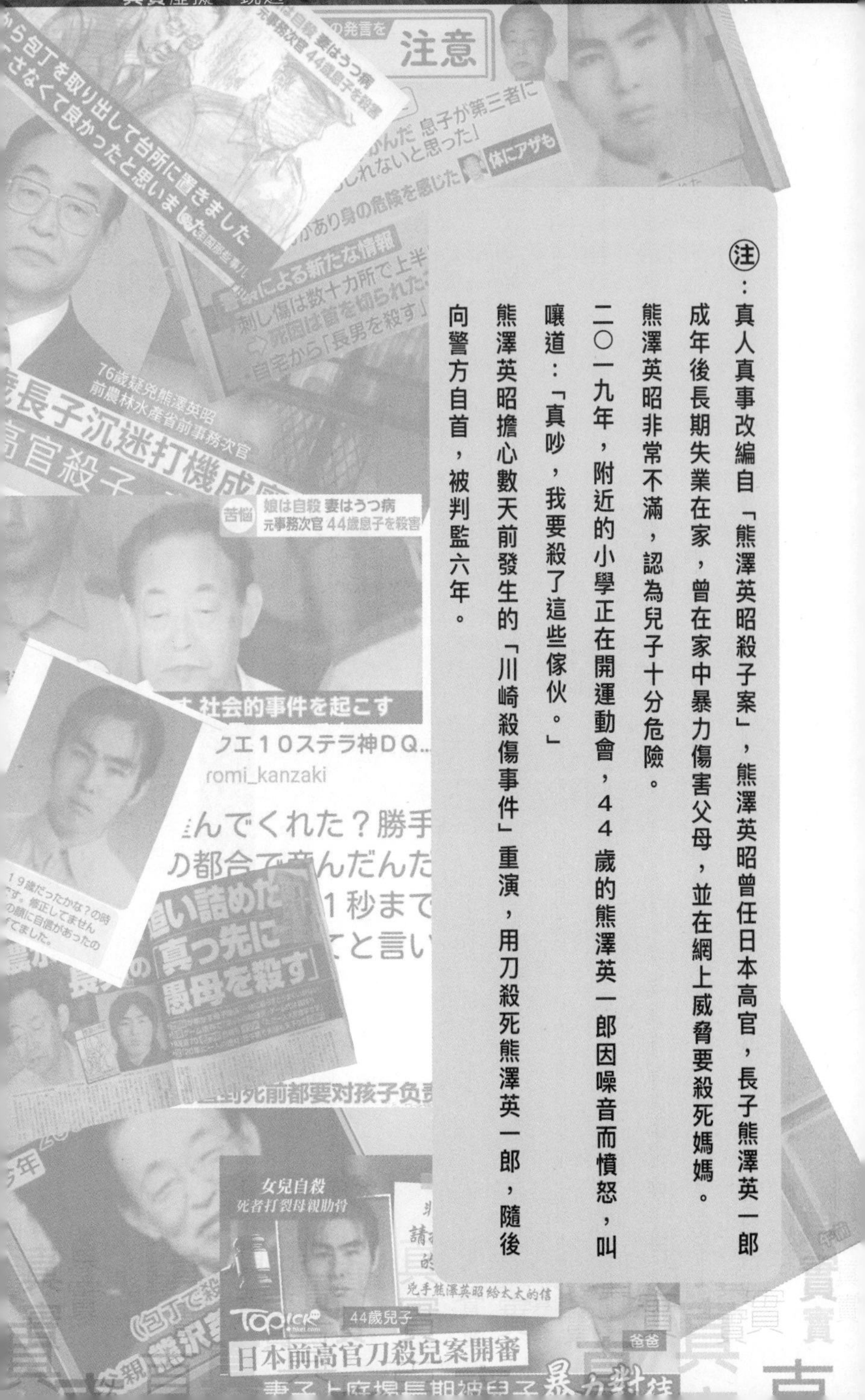

注：真人真事改編自「熊澤英昭殺子案」，熊澤英昭曾任日本高官，長子熊澤英一郎成年後長期失業在家，曾在家中暴力傷害父母，並在網上威脅要殺死媽媽。熊澤英昭非常不滿，認為兒子十分危險。

二〇一九年，附近的小學正在開運動會，４４歲的熊澤英一郎因噪音而憤怒，叫嚷道：「真吵，我要殺了這些傢伙。」

熊澤英昭擔心數天前發生的「川崎殺傷事件」重演，用刀殺死熊澤英一郎，隨後向警方自首，被判監六年。

12 那扇門，沒有開

愛情，來得突然。

往往在你沒有準備時出現，亦往往以你無法預料的方式結束。

剛認識阿峰時，我以為，他會是我的真命天子。

一切像是緣份的安排，我們來自同一個國家，同樣去了日本留學，在同一間大學讀碩士。

雖然我們讀的科目不同，但我們的研究室在同一棟大樓，每天上學都會相遇。

阿峰斯文有禮，是我喜歡的類型。

誰表白的？根本不需要表白。

當一個人喜歡你，從他灼熱的眼神、微紅的面龐，你已經感受到他的愛意。

所以，當兩個人互有好感，就會順理成章地在一起。

愛情，就是這麼簡單。

一對身處異國的情人，感情飛快發展。

談戀愛兩個月，我們就打算同居，反正大家都要租屋，同居可以節省一些開支。

我的好姐妹歌歌阻止我，她說我還未了解阿峰，不應同居。

我嗤之以鼻：「阿峰什麼都告訴我了，他的銀行密碼我也知道了。」

「但我覺得，阿峰有些古怪，他的眼神彷彿……很執著。」歌歌皺眉道。

「我喜歡他執著地看著我，彷彿我是他的全世界！」

當一個女人堅持要和一個男人同居，世上沒有她跳不過的圍牆、沒有她拋不下的顧慮，也沒有能攔住她的上帝。

於是，我和阿峰開始同居。

初時很甜蜜，但沒多久，不足一個月，我開始發現阿峰的問題。

他是一個很執著的人，所有事都想證明自己是對的，小至看一套電影、吃一頓飯，他都會堅持自己的想法，一旦我提出相反意見，我們一定會吵架。

最令我難受的是，我有意冷落他的時候，阿峰不會嘗試去哄我，他只會用陰鬱的眼神看著我，默不作聲，像背後靈一樣，真的很可怕。

同居兩個月，我又和阿峰吵架。

阿峰說：「是時候睡覺了。」

我還想玩多一會手機，就說：「你先睡吧。」

豈料，阿峰用力抓著我的手，死死瞪著我：「你必須睡覺！」

一陣寒意湧上心頭，那一刻，我覺得阿峰會殺了我。

「神經病！」我甩開他的手，跑出門外。

阿峰追上來，我一邊跑，一邊呼叫，鄰居開門，看看發生什麼事。

但阿峰完全不在意鄰居的目光，伸手抓著我，搶我的手機。

最後，鄰居威脅要報警，我才逃脫了。

我在日本舉目無親，只有好姐妹歌歌。

於是我在歌歌家中暫住，歌歌說，讓我租了新房子才搬走。

但我根本沒有心情找新房子，因為阿峰不接受分手的現實，不斷糾纏我，他打電話給我、在學校攔截我，他還知道歌歌住哪裡，常常在樓下等我。

我後悔，當時沒有聽從歌歌的勸告。

歌歌反而安慰我：「我也沒想過，阿峰居然是個瘋子，不過，他早晚會放棄的。」

那一晚，我和歌歌一起回家，在門外看見了阿峰。

我和阿峰爭執，阿峰情緒激動，伸手想抓著我。

歌歌對我說：「你進去吧，我和他談談。」

我點點頭，找個局外人和他聊一聊，可能他會冷靜一些。

我關了門，門外隱約傳來歌歌和阿峰爭執的聲音。

突然，歌歌慘叫一聲。

我心急如焚，正想開門，就看到鮮血從門縫滲進來。

血……阿峰帶了凶器，他想殺我！

我下意識鎖上了門，立刻致電報警，對著門外大叫：「你不要胡來，我報警了！」

歌歌的慘叫愈發淒厲，但我沒有勇氣把門打開。

我對自己說，阿峰手上還有凶器，我也是一個弱質女流，就算開門沒法幫歌歌，只會白白搭上一條性命。

歌歌的叫聲愈來愈微弱，我的心跳也快到極點。

不知道過了多久，警察終於出現。

聽到門外紛亂的聲音，確定阿峰已被制伏，我才戰戰兢兢地開門。

歌歌已經被抬上檐架，我只看到全身浴血的阿峰，他已經戴著手銬，還在用力掙扎，狠狠瞪著我。

那一刻，我無比慶幸，我沒有開門。

歌歌失血過多，宣告死亡，阿峰被控謀殺。

我很傷心，同時我也以為，事情已經告一段落，但原來，這件事才剛剛開始。

歌歌的媽媽在網上說，凶手是我的前男友，暗示歌歌是為我而死。

網民的評論更加惡毒，說我見死不救，說歌歌是為我擋刀，還有人胡言亂語，說凶器是我遞給阿峰的……

我只是一個普通女生，我沒法承受這種壓力。

我關閉了社交網站，歌媽約我見面，我本來答應了。

但我再三思索，我已經對歌媽道歉，人死不能復生，見面有什麼用？難道我把命賠給歌歌嗎？

而且我很害怕，我曾親眼目睹發瘋的阿峰，歌歌的家人會不會失去理智，把怨恨發洩在我身上？

結果，我沒有與歌媽見面，因為恐懼，我連歌歌的喪禮也不敢出席。

但你愈害怕什麼，就愈會發生什麼。

我的迴避激怒了歌媽，她把我和我家人的資料放上網，無數人轉發。

網民紛紛辱罵我，把我說得像世上最壞的女人。

更糟糕的是，我的媽媽看到我的慘況，忍不住致電歌媽，兩個人談了幾句，就吵起來了。

媽媽怒火攻心，說歌歌是命短，與我無關。

這段對話被歌媽錄了音，錄音公開後，更是激起公憤。

我中止學業回家，但所有人都對我指指點點。

我沒法找到工作，因為所有人都認得我，大家都說，我就是那個見死不救的壞女人。

我的生活變得一塌糊塗，連家人也大受影響。

我搞不懂，我真的罪大惡極嗎？即使我開了門，也沒法拯救歌歌的性命。

我忍不住上網查看大家的評論，我居然發現，有些日本人為我抱不平。

他們說，我也是受害者，應該是受保護的對象，不應該騷擾我。

我關門，只是在極端情況下自我保護的行為，雖然感情上有些自私，但邏輯上是合理的。

最令我困惑的是，為什麼我受到的批評，比阿峰更多？

為什麼一場戀愛，會毀了三個人的人生？

—完—

注：真人真事改編自「江歌遇害案」，在日本留學的女學生江歌，被好友劉鑫的前男友陳世峰殺死。

據說，當時劉鑫強行進入公寓，將門反鎖，使江歌無從逃生。

案發後，劉鑫逃避與江母見面，其母曾在被激怒後，對江母稱江歌是「命短」，而非為劉鑫而死，激起公憤。

13 賣女孩的小火柴

在最無助、最絕望的時候，有陌生人向你伸出援手，是什麼感覺？

十七歲那年，我經歷過這種感覺。

我剛剛中學畢業，沒法考上大學，和父母爭執，拿著一點錢就離家出走。

現在回想，那時只是一時意氣，如果我沒有把錢包弄丟，應該會放肆幾天，等到錢差不多花光，就會回家了。

我乘火車去另一個城市，正在想要玩些什麼，想數數自己有多少錢，錢包居然消失了！

上火車時，有人撞我了一下，肯定那時偷了我的錢包。

我大叫道：「我的錢包丟了，誰偷了我的錢包？」

路人用奇異的目光看著我，但沒有人想幫我。

正當我手足無措之際，一個三十多歲的女人走近：「小妹妹，你丟了錢包，你想去哪裡？」

「我想回家。」這時我已經不想和父母鬥氣，慌張的我只想回家。

女人微笑：「咦，我也住那裡，我幫你買車票吧。」

筆墨難以形容我的感動，我感動得眼眶都紅了：「你陪我一起回家吧，我馬上把錢還給你。」

我和她一起乘火車，我知道她叫梅姐，她開了一間公司。

「最近我打算開分店，想找幾個女生去做文職。你有興趣的話，就來面試吧。」梅姐輕描淡寫地說。

我們有說有笑的，火車很快就到站了。

我住得偏遠，要轉乘巴士才能回家，換句話說，我要再次向梅姐借車費。

梅姐提議道：「我舅舅家住在附近，不如你先陪我回家？然後我們再到你家。」

於是，我跟著梅姐去了她舅舅的家裡。

梅姐的舅舅、舅媽都很熱情，我們聊了一會，舅媽外出了，帶了一個瘦削的男人回來，說是她的朋友。

奇怪地，瘦男人不斷上下打量我，像在看一件貨物。

我被他盯得渾身不自在，不想留在客廳，就說想休息一會，梅姐帶了我到客房，幫我鎖上門。

我關上門，腦裡不斷回想那個奇怪的瘦男人。

我將耳朵貼在門板上，幸好我聽力比一般人好，勉強能聽到他們的對話。

梅姐誇我年輕，那個男人卻說我長得不漂亮。

他們討價還價，最後梅姐以四千元的價格，把我賣給那個男人。

梅姐說，今晚就會把我送過去。

我的心跳得很快，梅姐已經把交易安排好，她一定會對我嚴防死守，不讓我有逃跑的機會。

他們有三個人，我只有一個人。

我唯一的優勢，就是「梅姐還未知道，我已經知道真相」。

於是，我裝作平靜地躺在床上。

過了一會，我睡眼惺忪地對梅姐說，我有三個好姐妹，都沒法考入大學。

我們說要「有福同享」，我想帶她們一起到梅姐的公司面試。

梅姐雙眼一亮，閃爍著貪婪的光芒，她肯定想把我的好姐妹賣掉。

梅姐帶我離開這裡，乘車回到我所住的小鎮上，租了一間旅館，叫我把好姐妹帶過來。

我離開旅館，發現梅姐沒有跟蹤我，我終於鬆了一口氣。

我想報警，但仔細一想，如果梅姐矢口否認，說她只是好心幫助我，我哪有證據指證她？

但要我放過這個人販子，我不甘心。

我走了幾步，就碰到一個獨眼的中年男人。

他在鎮上很有名氣，人稱「獨眼龍」，他懶惰貧窮又好色，常常想佔女人的便宜，所以沒有人願意嫁給他。

家長曾提醒我們，讓我們認清楚他的模樣，不要被他佔便宜。

我心生一計，小心翼翼地走近：「喂，獨眼龍。」

「喲，小妹妹，為什麼有小妹妹來找我？」獨眼龍笑得猥瑣。

我單刀直入地問：「你想娶老婆嗎？」

獨眼龍猥瑣的笑容，瞬間變得有些落寞：「我這副模樣，哪有女人願意嫁給我？」

我意味深長地說：「娶不到，可以買……」

「咦，你有介紹？」獨眼龍雙眼發光地問。

我笑了笑：「我認識一個三十多歲的姐姐，長得挺漂亮的，介紹給你好嗎？看在我們是同鄉的份上，我只收幾百元作車馬費。」

獨眼龍點頭如搗蒜，給我一個地址。

我回到旅館，對梅姐說，我的好姐妹很想和我一起去打工，但他們的父母不太同意，提議梅姐幫忙說服他們。

梅姐利慾薰心，她也許覺得，就算說服失敗，她也沒有損失，就爽快地跟我走了。

我們到了獨眼龍的家裡，獨眼龍給了我五百元，我就走了。

我回家，看到憂心忡忡的父母。

我和他們抱頭痛哭，承諾不會再離家出走。

父母聽到我的經歷，既慶幸又揪心。

他們說，梅姐那群人販子可能會報復，所以我應該報警。

我們報警了，說出事情的始末。

豈料警察把我拘捕，警方說，多謝我來報案，但我也「販賣」了梅姐，同樣屬於刑事罪行。

警察叫我帶他們到獨眼龍家裡，才發現梅姐已經不在了。

原來，獨眼龍強姦梅姐後，又把她轉售了給另一個男人。

換句話說，獨眼龍也是一個人販子……

唉，世途險惡。

之後，警察拘捕了獨眼龍、梅姐、舅舅和舅媽，四個人販子都被判重刑。

可是，我也被判監三年。

法官說，販賣人口，最低刑罰是監禁五年，監禁三年已經是從輕發落。

這根本不公平，我只是一時意氣，算不上是販賣人口吧。

幸好，父母幫我上訴，加上我「犯案」時還未滿十八歲，結果我用不著坐牢，只是被警誡了。

人不販我，我不販人。

我若販人，我也販人……也是違法的！

—完—

注：真人真事改編自「未滿18歲的女高中生販賣要拐賣她的人販子案」。女高中生劉慧被劉梅拐帶，施計逃脫後，不甘心就此罷休，以五百元的價格「賣出」劉梅。

劉慧初審被判監三年，二審判免於處罰。

律師提出，她犯案時未滿十八歲，不是為了牟利而販賣人口，並且幫忙逮捕了四個人販子，有重大立功表現。

虛

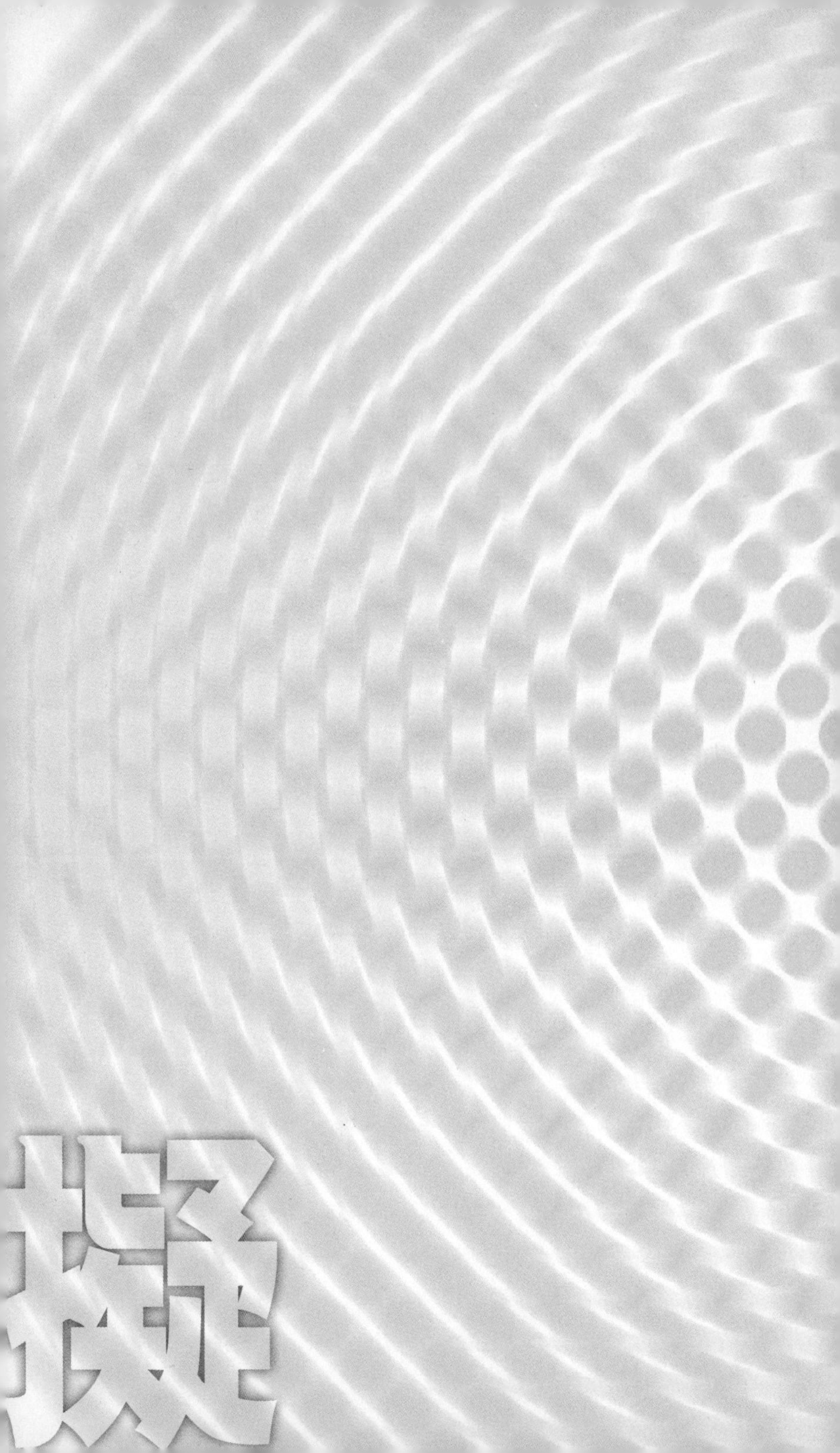
拟

愛上即棄人

1

我第一次愛上一個女孩。

她是餐廳的兼職侍應，她叫阿晴，我去吃午飯時，認識了她。

她的眼神，令我對她產生興趣。

我一直以為，我可以看穿別人的想法，這不是讀心術，但從對方的眼裡，我可以看出他的渴望。

渴望財富、渴望展現自己、渴望早點下班……諸如此類。

當我看著阿晴的眼睛，我看不到一絲一毫的渴望，我開始懷疑自己的能力，於是我對她產生了好奇。

好奇，往往是愛情的開始。

我開始接近阿晴，和她交朋友，了解她的生活。

阿晴的生活很簡單，沒錢時去做兼職，賺了錢就會去玩。

但正常人都有偏好，例如你喜歡玩遊戲，你會一次又一次地玩，阿晴卻像什麼都喜歡，又像是什麼都不太喜歡，幾乎沒有偏好。

後來，我發現自己動心了，就向她表白。

表白前，我覺得自己的成功率頗高，我條件不錯，有財有貌，平日和阿晴溝通良好，她是單身，沒有什麼異性朋友……

但我失敗了，我忍不住問：「為什麼？」

我以為，阿晴只會回答類似「我現在不想談戀愛」、「你是一個好人」的廢話。

豈料阿晴掀起自己的衣袖，露出上臂，上面有一個編號。

她說：「我是『即棄人』。」

人類發明了很多即棄的東西，即棄餐具、即棄手套、即棄隱形眼鏡……只須享用服務，不用應付事後的麻煩。

所以，複製人技術普及化後，就能訂造「即棄人」。

顧名思義，是訂造一個和自己一模一樣的複製人，設定他的生存期，短至一個小時，長至七年，期滿後就會自動死亡、分解。

即棄人價格不菲，生存期愈長，價格愈昂貴，通常人們只會按照自己的需要，訂造短時間的即棄人，也很少容許即棄人離開視線範圍。

所以，我從來沒有即棄人朋友，初時看到阿晴臂上的編號，也反應不過來。

阿晴看出我的疑惑，開始訴說她的經歷。

她的上一任「主人」，是一個富家大少爺，他本來有一個女友，但女友和他分手了。大少爺用盡各種方法，都沒法挽回這段感情。

女友既愧疚，又不勝其煩，就提出要訂一個即棄人給大少爺，代替自己陪著他，阿晴就出現了。

大少爺以為，自己永遠不會忘記摯愛的女友，他便把阿晴的生存期設定為最長的七年。

豈料三年後，大少爺就愛上了另一個女生。

按照慣例，如果主人不再需要即棄人，生存期卻未屆滿，主人會把即棄人銷毀。

但大少爺覺得，阿晴陪了自己三年，把她銷毀好像有點殘忍，大手一揮，放走阿晴，讓她過自己的生活，還有四年的生活。

阿晴聳聳肩：「我的經歷就是這樣，很普通。」

「這也叫普通？」我不同意她的說法。

「人們訂造即棄人，不是用來做危險、厭惡性的事情，就是用來做替身，人人都是這樣。」阿晴淡然地回答：「這事已經過去了一年，我還有三年的壽命，別說談戀愛，連養狗也不行。」

我焦急地說：「你未必只有七年壽命，我有錢，我們一起想辦法。」

「以現有技術，即棄人的內部結構，根本不能支撐長期的運作。」阿晴答：「除非你再訂造一個……但新的即棄人不是我，正如我永遠不是大少爺真正的女友。」

阿晴淡然的語氣，令我心痛如絞。

阿晴拍拍我的肩：「我已經比其他即棄人幸福，他們不曾擁有自由，我卻至少能活一次。」

「你不怕嗎？」將心比心，如果我知道自己只剩下三年壽命，一定惶惶不可終日。

阿晴輕笑：「這也有好處嘛，至少我無須擔心『將來』，不用存錢，不用賺學歷，找工作不用考慮前景，用生命的每一天來體驗世界。」

我終於明白，為什麼阿晴的嗜好會不斷轉變，今天看電影、明天行山、後天烹飪。

我很困擾：「你居然是即……唉，我很喜歡你。」

「假如我不是即棄人，可能我天天琢磨怎麼釣金龜、加薪、買樓，你一開始就不會留意我。」阿晴微笑道。

她笑得很美，像天使一樣，但世事總是這麼殘酷，她笑若曇花，轉眼凋謝。

知道真相後，我依然想幫阿晴。

哪怕我沒法和她在一起，作為第一個令我動心的女人，我希望她最後的日子過得開心。

我向即棄人公司查詢，確定了即棄人的生存期，是沒法被延長的。

我向阿晴提議，不如我來養她，她就不需要做兼職，可以專心體驗人生。

但阿晴拒絕了，她說做兼職，也是體驗人生的一種方法。

我還可以做什麼？我訂造了一個即棄人，和我一模一樣的即棄人。

我希望這個即棄人，代替我和阿晴談戀愛，我承認，我有私心。

我把他的生存期設定為三年，唯一的指令是：和阿晴談戀愛，好好對待阿晴。

阿晴本來拒絕了，但我對她說：「你想體驗人生，難道你不想體驗愛情嗎？不再是替身，而是真正愛你的愛情。」

阿晴默不作聲，我把即棄人帶到她的面前，並表示，如果她不需要，我只能銷毀這個即棄人。

我知道，我有點卑鄙，也許在阿晴心目中，我和大少爺的女友沒有什麼分別。

總之，阿晴同意了，她開始和我的即棄人談戀愛。

此後，我很少看見阿晴了。

我沒有主動找她，怕自己對她情根深種，三年後我會很傷心。

不過，按照我的要求，即棄人常常與阿晴合照，看著他和我一模一樣的臉，我也有少許安慰，彷彿我真的在與阿晴談戀愛。

如是者，三年過去了。

阿晴和我的即棄人都死了。

我以為自己已經做好心理準備，但收到這個消息時，我嚎啕大哭，痛不欲生。

我把阿晴的照片拿出來，逐一翻看，嘗試回憶我和他的過去。

但我記得的事情，實在太少了，因為和她經歷這一切的，不是我，而是我的即棄人。

我曾經以為，只要我不與阿晴接觸，她死後，我就沒那麼傷心。

但原來只要我愛她，無論我們相處了多久，無論我們的共同回憶多麼少，我一樣會傷心。

傷心之餘，還有無盡的後悔。

為什麼當初我不勇敢一點，堅持要和阿晴在一起？那我就可以和她建立更多的回憶。

也許阿晴會拒絕，也許我會更傷心，但至少我努力過。

我忽然記起，阿晴曾對我說，她只可以活一次，所以她要盡力體驗人生。

我當時很同情她，但現在回想，我何嘗不是「只能活一次」？

即使我長命百歲，但一百年間，我愛她的機會只有一次。

每個人，都只能活一次。

無論壽命長短，愛一個人的機會，都只有一次。

錯過了，就永遠失去。

—完—

2 每次吵架都要和好

「我們分手吧！」

我正在發訊息給芸芸，解釋我的立場，但她已經提出分手，還迅雷不及掩耳地封鎖了我。

我不傷心，也不太擔心，只有幾分無奈。

因為「分手」這句說話，我已經聽過無數次了。

我知道幾天後，芸芸就會把我解封，我全心全意地認錯，我們便會和好。

但和好後，沒多久，芸芸又會因為各種理由而生氣，我們再次吵架，她又會提出分手。

「沒多久」是多久？也許是幾天、也許是一個月，反正不會是永遠。

爭執的原因是？我也說不準，可能是我說錯了一句話，可能是她的工作不順利、逛街時買不到喜歡的衣服……

總之，天文地理、東南西北都可以成為吵架的導火線。

我曾經戰戰兢兢，思前想後，像一個企圖避開地雷的士兵。

但我漸漸發現，我躲不過這種宿命，我們是一定會吵架的。

今天我放假，約芸芸出來逛街，但她坐車時和我吵起來，還封鎖了我，我猜她不會出來逛街了。

我在街上百無聊賴地走，一邊用手機搜索：「激怒女友了，怎麼辦？」

建議分為兩種，一種教怎樣哄女友，例如買鮮花屋前死守直至下雨、買新出的手機、打千字文……唉，這些我通通都試過，不是不行，但每次都要拚盡全力，才能讓她消氣。

另一種建議就只有兩個字「分手」，感情問題全都建議分手，唉，我捨不得嘛。

我逛了一會，走進一間店鋪。

整間店鋪以銀灰色裝飾，氣氛神秘而詭異，貨架上什麼都有，像雜貨鋪似的。

咦，我明明沒有見過這間店。

「先生，歡迎光臨『煩惱小店』，你有煩惱嗎？」聲音從背後傳來，我嚇了一跳。

我回頭一看，一個黑衣女人坐在櫃台看著我，眼神彷彿可以洞悉一切。

我嗤之以鼻：「我當然有煩惱，哪有人沒有煩惱？」

黑衣女人問：「最困擾你的煩惱是什麼？也許我的產品能幫助你。」

「我的女友常常和我爭執，然後就封鎖我，請問你有什麼產品能幫助我？賣一包老鼠藥給我，把她毒死？」我心情不好，說話的態度也不太好。

沒想到，黑衣女人拿出一包火柴：「這包火柴叫『和好火柴』，每次和女友吵架，只要你點燃一根火柴，她就會立刻跟你和好。」

我忍不住笑了：「賣火柴的小女孩？」

「試試吧。」黑衣女人遞一包火柴給我，我半信半疑地點燃了一支。

火柴燃盡後，我的電話響起，是芸芸：「親愛的，我在路上了，你在哪？」

「你……你不是生氣了嗎？」從前芸芸生氣，至少兩天後才會理睬我。

「不知道為什麼，我不生氣了。」芸芸話鋒一轉：「你在哪？我到餐廳了，難道你遲到了？」

「我怎會遲到？我馬上出現，給我一點時間！」

為免再次激怒芸芸，我立刻付錢買了那盒「和好火柴」，飛也似地衝了出去。

我很快就和芸芸碰面了，展開了一天的愉快約會。

過幾天，芸芸生氣，又把我封鎖了。

我毫不猶豫地點燃了一支火柴，芸芸就主動找我。

這一刻，我對我們的愛情充滿信心，有了這盒火柴，無論因為什麼原因而吵架，都可以和好如初。

不經不覺間，那盒火柴消耗得很快。

我想多買幾盒火柴，但我去了那條街，無論怎樣找，都沒法找回那間「煩惱小店」。

唉，我很煩惱，這次我的煩惱，是火柴快要用光了。

到時我要回復從前的生活，動不動就被芸芸封鎖幾天，要做牛做馬……

我決定省下一些火柴。

芸芸發脾氣時，我審時度勢，覺得這次情況不太嚴重，我就不會用火柴，用正常方法去哄她。

古語有云：「由儉入奢易，由奢入儉難。」

習慣了清淨的日子，我漸漸覺得，忍受他的脾氣，是一件痛苦的事。

忍無可忍時，我就會用火柴。

一次又一次，隨著火柴熄滅，芸芸的怒火消失得無影無蹤。

我們的相處變得甜蜜，她會緊緊擁抱著我，但隨著火柴的消耗，我的心逐漸往下沉。

我開始覺得，火柴用盡時，就是我們分手的日子。

但火柴還未用光，我清楚記得，那一天，火柴盒裡還剩三支火柴。

「我們分手吧！」我再次收到這個信息，然後被封鎖。

我知道，只要點燃一支火柴，芸芸就會把我解封，但我沒有這樣做。

我耐心等候，四天後，芸芸主動找我：「你有沒有什麼話要說的？」

我知道，她希望我哄她，一如以往。

但我的回覆是：「好啊。」

「？」芸芸一頭霧水。

「你說要分手，我說：『好啊。』」說出這句話的時候，我比自己想像中更加平靜。

芸芸無法接受現實，她不斷問原因，並找出我對她說過的甜言蜜語、山盟海誓，指責我不守承諾。

說來可笑，我一直都在縫縫補補這段感情，我縫她撕，我再縫她再撕，直到我生氣了，不想再修補，她反而問：「你為什麼要這麼對我？」

我們就這樣分手了，在只剩下三支火柴的時候。

有一次，我路過那條街，突然看到那間銀灰色的「煩惱小店」。

「先生，歡迎光臨『煩惱小店』，你有煩惱嗎？」同一個黑衣女人，同一個開場白。

我有點憤怒：「你根本沒法解決我的煩惱。我買了一盒火柴，你說只要點燃一支火柴，我就可以與女友和好如初，但火柴還未用光，我們已經分手了。」

「先生，店裡沒有這種『令情侶和好如初』的火柴。」黑衣女人平靜地回答。

「你不承認？」一模一樣的火柴盒，就放在櫃台旁邊：「就是這盒。」

黑衣女人解釋道：「我們賣的是『和好火柴』，不是『和好如初』火柴。」

「有什麼分別？」我不明白她的意思。

黑衣女人意味深長地說：「因為『和好』容易，『如初』太難。」

我怔怔的出神。

我一直以為，只要能解決芸芸的怒火，問題就會解決。

但原來，她每一次發無謂的脾氣，每一次提出分手，都會把感情磨蝕一點點。

直到有一天，終有一方會崩潰。

「和好」容易，「如初」太難。

—完—

3 我的職業是：NPC

一個滿臉橫肉，形容猥瑣的大漢，一手抱著我的腰，正要吻我。

我應該驚慌，但我並不驚慌。

任何一個女人，第一千次被同一個人「劫色」，她也不會再驚慌。

我知道，下一秒，就會有一個熱血的少俠出現，把猥瑣大漢打倒，救出小月姑娘──即是我。

然後少俠會去城主府領取獎勵，城主會發佈下一個任務「殺死山賊頭領」。

果然，下一秒，身穿新手布袍的少俠出現。

「姑娘，請問你和他是什麼關係？」少俠低聲問道。

我和拍檔大漢都呆住了。

玩家的任務指引分明寫著：「逍遙酒館中，一個猥瑣的大漢正在調戲小月，快把大漢打倒，救出小月」。

我反問：「『任務指引』不是有寫嗎？這裡是逍遙酒館，他是猥瑣……」

少俠一本正經地回答：「酒館內可以有其他人。他的長相是有少許猥瑣，但人不可以貌相，我不想傷及無辜，才問問姑娘，和他是什麼關係。」

我看看少俠頭上的名字，他叫「正義之劍」。

這種名字我見多了，但像他那麼「正義」的，我還真的沒見過。

大漢一向都是被少俠們一招擊倒，沒有機會發言，所以他的語言能力不太好。遇到突發情況，大漢手足無措，下意識用求助的眼神看向我。

「你們這麼有默契，肯定是情侶吧。幸好我剛剛沒有出手，否則就誤傷好人了。」

正義之劍鬆了一口氣，問：「小月在哪？我接了任務，要拯救她。」

「我就是小月。」我翻了翻白眼，把自己的手鐲遞給他：「唉，拿給城主吧。」

正義之劍一頭霧水。

我只好向他解釋：「按照任務設定，你『救』了我後，我會給這個手鐲送給你。你把任務物品交給城主，他會發佈下一個任務。」

正義之劍認真地說：「但我沒有救你。」

「我們是NPC，玩家的生活有無限可能，我們的生活只有一種可能。無論你有沒有救我，都沒法改變任何事情。」我努力解釋。

「沒法改變嗎？」正義之劍咧嘴一笑，露出又白又亮的牙齒：「至少，這位兄弟今天沒有被痛毆一頓。」

大漢看向正義之劍的眼神，有幾分感激：「少俠真體貼，雖然我身為『怪物NPC』，醫藥費全免，但我也會痛嘛。」

我嘆了一口氣：「你這麼心慈手軟，怎麼玩武俠遊戲？」

「俠之大者，為國為民。行俠仗義，要弄清楚事情的始末，像這位兄弟一樣，他沒有調戲婦女，就不應該受到傷害。」正義之劍答得理所當然。

「唉……」我又嘆了一口氣。

自此之後，這個傻乎乎的少俠，常常來找我聊天。

我常常笑他傻，但忍不住會掛念他。

可能是因為，他是唯一一個沒有把我當成ＮＰＣ的人。

有一次，我問：「你為什麼一直穿著這件布袍？完成第一章主線任務後，會送一套裝備的。」

「第一章最後一個任務，是『殺死山賊頭領』，任務指引說，山賊頭領殺人放火，無惡不作，於是我去跟蹤他……」正義之劍垂下了頭。

我明白他的意思了：「你發現，山賊頭領不但沒有殺人放火，還天天被殺，死後再刷新。」

正義之劍認真地說：「如果要濫殺無辜才能做大俠，我拒絕。」

我看著窗外的月亮，問：「你有什麼夢想？」

「就和你留在酒館裡，看看月亮吧。」正義之劍輕輕一笑。

那一刻，我心中小鹿亂撞。

一個NPC，動了情。

我想和正義之劍一起闖盪江湖，而不是等他有空才來找我，但我根本沒法離開酒館。

這時候，系統更新，發佈了一個大型任務，按照任務完成度排行，按排行給予豐厚的獎勵。

第一名的玩家，可以選擇一個NPC進行挑戰，挑戰成功後，NPC會成為你的隨從，跟隨你闖蕩江湖。

一時間，所有玩家都對這個任務議論紛紛。

「我要選獨孤求敗！我一直想學玄鐵劍法……到時可以叫他代我上陣，不用自己動手。」

「就算你是第一名，你沒法打贏獨孤求敗吧。」

「我會選周芷若，有《九陰真經》又有倚天劍，有武功、有秘笈，她自身又不是絕頂高手，容易被擊敗。」

「對啊，她還是絕色美女。」

我興奮地說：「不如你試試這個任務？你成為第一名，就可以帶我走。」

「我？我還未完成第一章主線任務，我怎會成為武林第一人？」正義之劍猶豫道。

我想了想：「反正玩家又不會死亡，試試嘛。」

第二天晚上，正義之劍已經換了一套衣服，是殺死山賊頭領後獎勵的裝備。

正義之劍很內疚：「我知道他沒有罪，但我殺了他。」

「他是NPC，這是他的命運。」我安慰他。

正義之劍狠狠地點頭：「我最在乎的是你，為了改變你的命運，我必須融入這個江湖。」

為了練武、完成任務，正義之劍離開了這個城市。

我很想念他。

酒館的玩家，會討論近來武林上有什麼名人。

聽說，正義之劍最近聲名鵲起，拜入武當派，成為武當第三代弟子。

我很開心，武當是名門大派，正義之劍不用委屈自己，去完成一些不太「正義」的任務。

但隨著時間流逝，我聽到的消息愈發奇怪。

聽說，正義之劍行事亦正亦邪，為了增進武功不擇手段，武當派的NPC對他多有不滿。

後來，他得到血刀老祖的賞識，叛出武當派，成為血刀老祖的嫡傳弟子。

邪門功法最易速成，他以一身血刀刀法，縱橫江湖，殺人無數。

我幾乎懷疑，這個消息是假的。

但我只是一個手無縛雞之力的NPC，怎會有人特意欺騙我？

後來，正義之劍真的在活動中奪取第一名。

我既感動又期待，等他回來找我。

但接下來，是正義之劍挑戰周芷若，把她收為隨從，把《九陰真經》和倚天劍都收入囊中。

我呆了。

很久很久以後，正義之劍帶著一群玩家來到酒館，身後還有一個漂亮的NPC。

他前呼後擁，所有人都爭相奉承他，他也是一副陶醉的模樣。

我覺得，這個人很陌生。

有個玩家指著我：「劍幫主，那裡有個NPC盯著你，會不會有什麼隱藏任務？」

「一個小酒館的NPC，你期望她有絕世武功，還是神兵利器？」正義之劍淡淡然地回答。

那一刻，我的心很痛，同時也有幾分放鬆。

我終於不用再為他牽腸掛肚，因為他已經變成一個普通的玩家，只追求更強大的武功和更多的榮譽，把NPC當成利益的來源。

我忽然記起，我曾經嘲笑他，說他傻。

現在他不傻了，但我也不再想念他了。

每個女孩，都希望男人進步，希望男人為自己改變。

但他的進步很多、變化很大，也許會改掉……你最不希望他改變的事情。

—完—

4 有靈魂的劍

「風兒，今天我把祖傳的神劍交給你，神劍凝聚了歷代祖宗的靈魂，每個都是劍術宗師。希望你好好練劍，把『劍神山莊』發揚光大！」

我懷著一腔熱血，虔誠地從爸爸手中接過神劍。

作為「劍神山莊」少主，我聽過很多前輩行俠仗義的故事，滿心嚮往。

我天天練功，一心學好劍法，繼承神劍，成為一代大俠。

令人興奮的是，爸爸看到我的努力，在我八歲那年，他就把神劍交給我。

嘩，這把劍真的很重，我把劍拿起來，也有些勉強。

爸爸才三十歲，正值壯年，就肯把神劍交給我，明顯對我寄予厚望。

在爸爸的指示下，我把血滴在劍身上，神劍發出共鳴。

「只有劍神山莊的血脈，才能令神劍認主。我已經把神劍轉到你的名下，從此，只有你可以與神劍溝通。」爸爸神情嚴肅：「你要好好保管神劍。」

「劍在人在，劍亡人亡。」我許下承諾，我一定不會令爸爸、令歷代祖宗失望。

第二天早上，我被吵醒了：「起床練劍啦！」

我睜眼一看，爸爸不在我，我嚇了一跳，難道有鬼？

我戰戰兢兢地問：「你是誰？」

那把聲音再次響起：「風兒，我是你的爺爺，快點起床練劍。」

另一把聲音響起：「喂，不要嚇我的曾孫。」

還有第三把聲音：「他正在發育時期，不要逼他們早起，一會長不高就糟糕了。」

第四把聲音說：「哼，新一代受不了苦，想當年我聞雞起舞……」

他們七嘴八舌，吵得我的頭都痛了，我大叫道：「停，你們到底是誰？」

他們解釋了很久，我才搞懂，他們就是我的「歷代祖宗」，因為劍法高超，又曾經執掌神劍，死後可以把靈魂封印在神劍內，繼續守護「劍神山莊」。

爸爸說過「神劍凝聚了歷代祖宗的靈魂」，但我以為這是一種意境、一種修辭手法，或者在關鍵時刻，歷代祖宗才會救急扶危。

我沒有想過，歷代祖宗會叫我起床。

最終，各位祖宗達成共識，我必須起床練劍。

「天還沒亮哩。」我用棉被蓋著頭，不想聽他們胡言亂語。

突然，棉被被割破。

我雙手抓著破爛的棉被，親眼看見神劍飛過來，繞向我身後，劍身狠狠地拍在我的屁股上。

我想逃跑，但我武功低微，神劍卻極為靈活，最終我還是被神劍打了一頓。

爺爺嘆道：「唉，棒下出孝子，嚴師出高徒。頑皮的小孩，還是要打一頓啊。」

太爺爺說：「我不支持體罰。」

太爺爺的爸爸說：「孩子，少數服從多數，我們投票決定了要打他嘛。」

在強權威逼下，我只好起床練劍。

指導我練劍的，當然是神劍。

我全身酸痛，才看到容光煥發的爸爸：「風兒起得真早。」

我撲向爸爸的懷抱，哭著說出我的遭遇。

爸爸摸摸我的頭：「乖，『劍神山莊』每一代的繼承人，都是這樣長大的。」

「都是被神劍打屁股？」我難以置信地問。

「這……不一定，總之，大家都是由神劍來教導武功。」爸爸話鋒一轉：「如果不學成絕世武功，怎樣保護『劍神山莊』？」

我耿耿於懷：「但它打我的屁股。」

爸爸循循善誘地說：「他們是長輩，都是為你好。而且，等你劍法大成，怎會輸給一把劍？」

然後，爸爸向神劍鞠了個躬：「爸爸、爺爺、太爺爺⋯⋯請賜教。」

爸爸使用另一把寶劍，和神劍切磋，雙方的劍招皆是極其精妙，令我目不暇給。

我頓時熱血沸騰，人是活的，劍是死的，難道我永遠會輸給一把劍嗎？

此後，我跟著神劍學劍法，夏練三伏，冬練三九，吃盡苦頭，劍法日漸精湛。

但有些事情，我真的很難接受。

例如我上廁所時，神劍會突然飛進來，囉囉嗦嗦地跟我說話。

我很生氣：「我也需要私人空間。」

某位祖宗振振有詞地回答：「我們不是人。」

從前爸爸說，武功大成後，就能戰勝神劍，他沒有騙我。

以我現時的劍法水平，已經可以和神劍打成平手，不會再被它毆打。

但暴力沒法解決家庭問題，有一次我僥倖戰勝神劍，那又如何？難道我可以燒了這把劍，消滅我的歷代祖宗嗎？

我曾經問爸爸，為什麼我們的祖宗這樣囉嗦。

爸爸分析，神劍內有數十位祖宗，就算每次只有十分之一參與討論，已經夠熱鬧了，有一兩個特別喜歡說話……唉，我懂的。

按照慣例，我劍法大成後，應該去江湖上歷練。

一個月黑風高的晚上，我偷偷拿著包袱，離開山莊，希望避開神劍。

但我和神劍已經滴血認主，神劍隨時能追蹤我的蹤跡。

所以，當我在客棧裡醒過來，神劍就在床邊。

歷代祖宗興奮地討論：「風兒終於到江湖上歷練了，想當年……」

唉，我唯有帶著神劍行走江湖。

我承認，神劍的威力頗為強大，比武爭鬥時，神劍鋒利無匹，加上我們人劍合一，神劍清楚我的一招一式，予以配合。

沒多久，我就在江湖上建立了「神劍少俠」的威名。

闖蕩江湖，除了行俠仗義、振興家族名聲外，當然要抱得美人歸。

相遇、相識、相知，我和江湖第一美人龍小雪情投意合。

在一個浪漫的晚上，我們一起仰望星空，然後我抱著小雪，我的嘴漸漸靠近她的紅唇……

「吻她！吻下去！」

「她就是我未來的曾孫媳婦？嗯，身材穠纖合度，應該利於生養。」

我一手把外袍丟出去，遮著神劍的「目光」。

但神劍一個旋身，又從外袍裡鑽出來。

他們繼續爭論：「子曾經曰過：『非禮勿視。』我們別多管閒事了。」

「說雖如此，但這位姑娘很可能會成為『劍神山莊』的長媳，生出下一代繼承人，我們當然要好好把關。」

我忍無可忍，怒吼一聲：「夠了！」

小雪呆了呆：「風哥，發生什麼事了？」

對了，只有我和神劍血脈相連，小雪沒法聽見歷代祖宗的說話。

但即使我和小雪成親了，我也要日日夜夜生活在祖宗的監視下，這種人生有意義嗎？

想到這裡，我忽然萬念俱灰。

我長嘆一口氣：「對不起，小雪，我配不上你。」

小雪嚇了一跳：「說什麼傻話？」

她不斷追問，我只好說出我和神劍的瓜葛。

小雪若有所思地說：「神劍也不錯嘛，教你練武功，保護你闖蕩江湖。」

「他們對我不差，但我的下半輩子怎能……」我很困擾：「我不敢娶你，我不幸福，

我怎能給你幸福？」

小雪沉吟了一會，居然說：「為了你下半輩子的幸福，你應該和我成親，儘快成親。」

「什麼？」我不明白她的意思。

小雪在我的耳邊，低聲說了一句話。

沒多久，我就和小雪成親了，很快就生了一個兒子，他叫阿武。

我常常對小阿武說，我們劍神山莊祖祖輩輩行俠仗義的故事。

小阿武很想練武，很想成為一代大俠。

終於有一天……

「武兒，今天我就把祖傳的神劍交給你，神劍凝聚了歷代祖宗的靈魂，每一個都是劍術宗師。希望你可以好好練劍，把『劍神山莊』發揚光大！」

上一代總是對下一代寄予厚望，只不過，有時上一代的厚望，是他們做不到的；

有時他們做到了，但卻不太想做。

—完—

5 投票決定誰要死

我殺了人，以一個神不知鬼不覺的方式。

幾天前，我拾到一本死亡筆記。

那時我以為，這本只是周邊產品，世上不存在真的死亡筆記嘛。

即使是假的，我也不會傻得寫下自己的名字。

那天上司罵了我一頓，我忿忿不平地寫下了上司的名字。

我幫他設計了一個很有特色的死法：被車撞成輕傷，送上救護車後，遇上車禍而死。

豈料，上司真的死了。

所有人都為他的死法而驚訝：「他命中注定要被車撞死，真是躲不過的。」「死神纏上了他。」

我就這樣殺了一個人，我找了很多理由安慰自己，我不知道那本死亡筆記是真的，上司平時對下屬很刻薄……

但我參加上司喪禮時，我沒法再欺騙自己。

他年幼的子女哀慟痛哭，還有很多小朋友參加喪禮，原來上司助養了很多小孩。

上司的朋友逐一上台訴說他的生平，原來在大部份人眼中，上司也是一個好人，他只是對下屬比較刻薄，罪不至死。

我殺了一個好人。

愧疚和自責，令我把死亡筆記藏起來，立誓以後不會動用這本筆記。

直到有一次，我看新聞，有個富二代姦殺了一個女生，證據確鑿，但他利用自己權力和富貴，得以脫罪。

有良知的人都會憤怒，我也不例外。

憤怒的我，把富二代的名字寫在死亡筆記上。

富二代死後，大家拍手稱慶，說上天懲罰惡人。

而且，還有人找出更多的罪證，證明他死有餘辜。

我也很振奮，我終於做了一件正義的事。

我意識到，我用死亡筆記殺仇人，很可能會殺錯良民。

畢竟每個人都有很多面，即使他對我卑鄙暴躁，另一方面也可以是一個好爸爸、好朋友、大慈善家。

不過，如果所有人都說一個人的壞話，他多數是真正的壞人。

為了找出壞人，我設計了一個「死亡投票網」，讓大家提名和投票，得票最多的，會成為「本月之星」。

成為「本月之星」還有一個條件，他得到「該死」的票數，要比「不死」的票數多一倍，確保他是該死之人。

網站面世時，網民沒有太在意，只當是一個發洩憤怒的網站，隨意提名自己不喜歡的人。

第一個「本月之星」被殺後，網站才開始受到關注。

幸好，普通人再惹人討厭，最多只有數十人認為他「該死」。成為第一名的，總是一些惡名昭彰、經常在新聞出現、偏偏未受到法律制裁的大壞蛋。

殺了幾個「本月之星」後，網民才相信「死亡投票網」的真實性。

網民議論紛紛：「這個網站一抑或是死神創造的。」「死神哪有這種正義感，我認為，是有一個武功高強的大俠，路見不平，拔刀相助。」

哈哈，沒錯，我就是那個大俠。

雖然我沒有高強武功，但也有一顆行俠仗義的心。

為了自身安全著想，我不可以暴露身份，但我一定會盡我所能，不錯殺一個好人，也不放過一個壞人。

網民誇讚我的同時，也提出了很多寶貴的意見。

根據大家的意見，我改進網站，例如增設討論區，可以公開候選人的惡行。

「死亡投票網」擁有真實的殺戮能力，網民更有討論的動力。

當然，討論區一定有打手，得票高的候選人為了保住性命，會請很多打手，說自己善良大愛，那些惡行全都是誤會……

但網民的眼睛是雪亮的，誰是好人，誰是壞人，大家一目了然。

沒錯，世事的確存有灰色地帶，很多人會做一些好事，又做一些壞事。

但我每個月才殺一個人，好壞參半的人，根本不會成為「每月之星」。

我喜歡做大俠，白天正常上班，晚上就猜猜我今個月要殺誰。

壞人的死訊被公開後，我就能享受讚美和歡呼，大家把我當成神祇般膜拜。

有些人會辱罵我，我猜是死者家屬，但面對海量的讚美，少許辱罵不值一提。

我甚至不用反駁，因為我的支持者會自動出現，全力對抗反對我的人。

一切都很順利，直到有一次，我逛街時和一個婆婆發生爭執，路人拍了影片，放到網上，標題是「年輕人欺負婆婆」。

這條影片引發了一些討論，有人找到我的資料，但我沒有特別上心。

過幾天，我居然在「死亡投票網」上，看到有人提名「龍小強」，這是我的真名。

我冷笑一聲，隨手刪掉了這個提名。

我沒有想過，這件事會掀起軒然大波。

「死亡投票網」一直開放給所有人提名，只要提供足夠資料，你可以提名耀眼的明星，也可以提名平凡的鄰居，只不過提名平凡人時，不會得到足夠票數。

即是說，我從來沒有刪除過任何一個提名。

「龍小強」的提名被刪除，提名人公開這件事後，馬上引起大家的熱烈討論。

為什麼這個提名會被刪除？難道龍小強就是「死亡投票網」的老闆？即使不是老闆，至少是老闆的親友，他的提名才會被刪除。

這時，我才知道我做了錯誤的決定，假如我對提名不理不睬，以我的知名度，我根本不會得到足夠票數。

可惜，我只有死亡筆記，沒有時光倒流器。

「年輕人蝦婆婆」只是茶餘飯後的笑談，「死亡投票網老闆」卻是全城焦點。

我被追訪、被跟蹤，還收了很多恐嚇信。

我不知道騷擾我的人，是死者的家屬，抑或是企圖控制「死亡投票網」的權貴。

我只知道，生命受到極大的威脅。

而且，我現身前，網民把我當成神祇般膜拜。

我的身份被公開後，他們發現我只是一個凡人，有弱點、有醜態，大家紛紛發掘我的缺點。

我難以置信地看著網上的評論，我的每個缺點被無限放大、攻擊，甚至無中生有，我彷彿變成了全世界最壞的人。

「死亡投票網」中，我不斷被提名，無論我刪除了多少次，還是有人提名「龍小強」。

後來，我不再刪除提名，我的「該死」票數急速上升。

網民討論，如果「死亡投票網」的老闆成為「每月之星」，他會自殺嗎？

我不知道該怎麼辦，我一直相信，大家投票認為「該死」的人，就是真正的壞人。

難道我才是壞人？

我剷除了這麼多壞蛋，我是大俠，為什麼大家說我是壞人？

隨著我的「該死」票數上升到第一名，我既失望，又後悔，我懷疑自己是不是做錯了。

更令我擔憂的是，網上出現了一種言論。

有人說，即使我是第一名，我肯定不會自殺，為了符合「死亡投票網」的公平原則，他們呼籲大家，一起殺死我，加上無休止的騷擾和跟蹤，我開始害怕，怕自己真的會被殺死。

這時候，朋友發了一個訊息給我。

一個有錢人有意買下「死亡投票網」，我不用再投票，每個月只須把他提供的目標殺死，就能得到豐厚的酬金。

他還給了我一大筆錢，當作「誠意金」。

那個有錢人說，可以幫我辦理移民手續，到國外開展新生活，擺脫這裡的麻煩。

我不知道那個有錢人的身份，我只知道，如果我接受了他的提議，我會成為我最不恥的人，一個為了錢而濫殺無辜的人。

正義，不再和與我有關。

我心中千迴百轉，我一邊思考，一邊上網，但網上不斷出現辱罵我的留言，把我說成全世界最惡毒的人。

那一刻，我搖擺不定的心思，終於得到答案。

我不是壞人，世人卻把我當作壞人；我做個壞人，反而不冤枉。

我關閉了「死亡投票網」，拿著死亡筆記移民了。

同時，也把我過往堅持的正義，徹底放下。

批評，可以令人進步。
但過於苛刻的批評，只會令人放棄。
壞人不會因為批評而變好，好人卻會因為批評而懷疑正義。

—完—

6 孔雀開屏記

孔雀開屏，是為了求偶。

但有「求」，就會有「求不得」；有「追」，就有「追不到」。

作為一隻雄性孔雀，我的尾羽長得不漂亮，我知道，自己的求偶之路絕不容易。

雖然有心理準備，但我被心儀的雌孔雀拒絕時，依然心如刀割。

我問好兄弟阿龍：「你覺得，怎樣可以令小雯喜歡我？」

「世上有那麼多雌孔雀，天涯何處無芳草，何必單戀一根草？」阿龍隨意地答道。

我既羨慕又嫉妒地看著阿龍美麗的尾羽：「你長得好看，所有雌孔雀都會喜歡你。」

「對，我長得好看，我追求女友時，過程很順利。」阿龍話鋒一轉：「但好看的雄性孔雀，從來都是少數，難道所有女生都能嫁給好看的雄性孔雀嗎？你只要改變目標，早晚能找到老婆。」

我長嘆一口氣：「但我真的很喜歡小雯，我不想追求其他女生。」

阿龍問：「你已經向小雯開過屏了，她拒絕了，你還能怎麼辦？」

阿龍說得對，孔雀的世界很簡單，雄性開屏，雌性決定接受與否，又不是人類擇偶，除了外表，還要談錢、談性格、談人生觀……

換句話說，我已經對小雯開屏了，既然她不滿意我的尾羽，故事應該就此完結。

但我很喜歡小雯，我不甘心。

我的目光落在阿龍的尾羽上：「好兄弟，幫個忙吧。」

我說：「其實尾羽沒有實際功能。女生看到美麗的尾羽，覺得畫面很漂亮，心情好，便會答應求偶的要求。」

阿龍一頭霧水：「所以？」

我有一個想法：「下次我向小雯開屏時，不如你在旁邊開屏，營造一個美麗的畫面。」

阿龍連忙拒絕：「萬一小雯看上了我，雖然我不會接受，但……很尷尬嘛。」

阿龍說得有道理，如果我和阿龍一起在小雯面前開屏，小雯當然會高興，但也很可能會看上阿龍。

但如果有很多孔雀，一起開屏，即使其他孔雀不像阿龍般好看，但十多條尾羽在小雯面前盛放，一定令她目不暇給，心花怒放。

而且，十多隻孔雀站在一起，只要在位置上妥善安排，小雯未必會留意阿龍。

我立刻行動，找了十多個兄弟，練好站位，一起出現在小雯面前。

「小雯，你是世上最優秀的孔雀。我曾經為你開屏，但我單薄的尾羽，不足以襯托你的完美。」

我用鄭子誠式的聲線說：「所以，今天，我要把所有的美麗，奉獻給你。」

然後，所有孔雀一起開屏，像繁花盛放般美不勝收。

這時候，我從眾多孔雀中走出來，猶如眾星拱月：「你願不願意和我一起，共享這個世界的喜與悲？」

「噢，天啊！」小雯流下感動的眼淚，投入我的懷抱。

路過的女生紛紛驚嘆：「太浪漫了，這些才是愛情。」「當年老公向我開屏時，只是問『你願意交配嗎』。」

我不但組織了一群兄弟，還寫好講稿，再三推敲，才有這麼一場動人的表白。

我和小雯談了幾天的戀愛，阿龍焦急地找我：「兄弟，你向小雯表白的影片，在網上瘋傳。」

「我知道，女網民都很羨慕小雯，小雯常常看著留言傻笑。」我答。

阿龍嘆道：「我女友也看了那條影片，她說，我表白時沒有那麼浪漫，只有我開屏了。」

我問：「所以她要求你找十多隻孔雀，一起開屏，像我向小雯表白般浪漫？」

阿龍說：「沒錯，可以幫幫忙嗎？」

「當然沒問題。」阿龍幫了我這麼多，我怎可能會拒絕他：「不過，其餘十多個兄弟……」

阿龍去找其他兄弟，出乎意料地，大家都爽快地答應了。除了義氣外，還有一個原因，大家的女友、老婆、追求對象，都看了小雯的影片，紛紛要求來一場浪漫，我們唯有互相幫忙。

我們開會討論阿龍的浪漫場面。

其中一個兄弟說：「不是照抄上次的做法嗎？只須把中間的位置留給阿龍。」

「女友說，不能照抄。我要更加用心，令她永世難忘，才能表達我的愛。」阿龍尷尬地說。

經過商討後，我們決定設計一個音樂會，阿龍負責唱歌，十多隻孔雀一邊跳舞一邊開屏，絕對難忘。

這場音樂會十分成功，但如大家所料，連最俊美的阿龍，也要「更用心」才可以滿足女友，其他兄弟更要各出奇謀。

繼「音樂開屏會」後，我們又舉辦了「情詩朗誦開屏會」、「一雀一玫瑰開屏會」、「鑽石戒指開屏會」……

還有幾次，女方覺得，十多隻孔雀開屏不夠壯觀，想要五十隻孔雀。

那個兄弟沒有那麼多朋友，聘請了臨時演員，才完成了女友的心願。

這些影片公開後，引來更多女生的羨慕，所以，大部份女生都要求另一半準備浪漫場景。

欠了人情，就要還人情。

我找了十多個兄弟幫忙表白，當他們需要「浪漫」時，我也要幫忙。

所以，最近我不斷參加不同的開屏會，疲於奔命。

我安慰自己，只要每個兄弟都「浪漫」一次，事情就完滿結束了。

豈料，過了一段時間，阿龍說：「下個月是女友的生日，她希望過一個浪漫的……」

「等等。」我打斷他的話：「不是已經辦了一場浪漫音樂會嗎？難道你換了一個女友？」

「不，上次是我們的戀愛紀念日，今次是她的生日。」阿龍解釋道。

我忍不住抱怨道：「這麼麻煩……」

「唉。」阿龍的表情比我更苦惱。

更糟糕的是，小雯向我提出分手。

她說，她答應我的追求，只是被浪漫的氣氛沖昏頭腦，我們根本不適合對方。

我當然辦了一場「挽回愛情開屏會」，但也沒法挽回小雯的心。

順帶一提，我向小雯表白的影片，依然被放在網上，偶有新留言說「很浪漫」。

不過，從來沒有一個留言，關心我和小雯的發展狀況。

從前雄性孔雀求偶，只須在心儀的雌性面前開屏，那是兩隻孔雀之間的事。現在你不找十多隻孔雀，一起開屏，唱歌、跳舞、送花……都不好意思說是求偶。

我以一己之力改變整個求偶生態，但我偏偏沒法改變自己。

因為當所有人的要求都提高了，我就從「什麼都不做，所以考最後一名」，變成「拚盡全力，依然是最後一名」。

—完—

7 國王的新衣

有兩個裁縫說，可以造出神奇的衣服，只有聰明人才能看到。

國王穿著這件「衣服」，赤裸裸地走出去，人人都想扮成聰明人，都說能看見那件衣服。

最後，一個小孩拆穿了這個謊言，國王大怒，但兩個裁縫已經逃得無影無蹤。

於是，國王把我抓了，我是裁縫店的老闆。

我努力辯解，那兩個裁縫是外地人，我真的不知道他們是騙子。

國王的神情愈來愈難看，我很怕：「求國王饒我一命，我願意捐出所有家產……」

「唉！」國王長嘆一口氣：「我身為一國之君，難道我貪圖你的裁縫店嗎？」

國王繼續說：「我猜，兩個裁縫應該是鄰國的間諜。」

「間諜？」我嚇了一跳。

「國勢日漸衰微，鄰國虎視眈眈，有意入侵，派間諜來破壞我的威望，實在是情理之內。」國王解釋：「我求賢若渴，想找聰明人來拯救我們的國家，所以這次我才會上當。」

「國王英明神武，一定可以找到聰明人的。」我連忙拍馬屁。

國王饒有興致地問：「你來說說，怎能找到聰明人？」

我緊張得無以復加，如果我說不出什麼建議，國王會不會說我「窩藏間諜」，把我處死？

壓力可以化為動力，面對死亡的威脅，我想到了一個方法。

我的人生很平凡，庸庸碌碌地長大，繼承爸爸的裁縫店，但我十歲時曾經有一段特別的經歷。

我家附近有一個懸崖叫「雲霧崖」，一眼看下去，只能看到重重雲霧。

大人都提醒小孩，不要去那裡玩，萬一失足掉下去，必定屍骨無存。

但我貪玩叛逆，一個人去了雲霧崖，還不小心掉下去了。

幸好，原來雲霧崖一點都不高，下面是一個水塘，只是霧氣太大，令大家以為懸崖很高。

我怕被爸爸責罵，從水塘爬出來後，就灰溜溜的回家了，沒有把這件事告訴任何人。

我說：「國王可以說，有一個驗證智慧的懸崖，真正聰明的人跳下去，毫髮無損。」

「但按你說，所有人都會毫髮無損。」國王答。

我解釋：「沒錯，所以沒有人會受傷。但真正的聰明人，對自己的智慧有信心，也不會相信這個愚蠢的方法。」

國王問：「所以不跳崖的，就是聰明人？」

我們討論了一輪，決定舉辦「國王的懸崖」計劃。

國王宣佈，他找了一個大師，算出下個月初七是「七星連珠之日」，雲霧崖會受到感召，啟動智慧驗證功能。

只要是聰明人，跳下去必定毫髮無損，還有機會被國王賞識，封侯拜相。

當然，國王的侍衛會守在崖下，確保那些人跳崖後，不能馬上回去說出真相。

當天，雲霧崖人頭湧湧，國王忍不住說：「我的子民真笨。」

我心想，「國王的新衣」也會有人相信，何況是「國王的懸崖」。

國王問：「真正的聰明人，不會在這裡出現，我要派侍衛去搜索在家的人嗎？」

「你要的不單是聰明人，而是胸懷天下，有心救國的聰明人。」我解釋：「有德行的聰明人，看到這麼多人即將枉死，一定會來阻止。」

國王的新衣，只是國王出醜，聰明人會置身事外；國王的懸崖，卻是人命關天。

國王在崖上微服觀察，我和侍衛在崖下等候，沒多久，就有一個壯漢跳下來了。

他很驚訝：「我沒有死，原來我也是聰明人？」

侍衛把他拉上岸，然後，很多男人跳下來了，那個壯漢更是驚訝：「原來村中的兄弟們都是聰明人？」

壯漢熱情地自我介紹，他叫大牛，他和他的兄弟四肢發達，頭腦簡單，想變得更聰明，所以就跳崖了。

我有點無奈：「但雲霧崖是用作驗證你聰明與否，不能令你變得更聰明。」

「兩者有不同嗎？」大牛撓撓頭。

唉，我國人民真笨，怪不得國王一心要找聰明人。

我將大牛拉到一邊，解釋事情的始末，大牛似懂非懂地點點頭。

我叫侍衛牢牢看管他，不要讓他離開。

然後，我繼續重覆這種做法，和笨蛋溝通真累，還有人堅信自己是聰明人，要求見國王、當官……

國王那邊卻進展順利，他遇上仙風道骨的秦先生。

雲霧崖上，秦先生不斷對人說，「驗證智慧」是不可能的，勸大家不要跳崖，白白送命。

秦先生成功勸退了一部份人，但也有人不聽他的話，堅持跳崖。

每當有人跳崖，秦先生都有點自責。

國王明白，秦先生就是心懷天下的聰明人。

跳崖日結束後，國王表明身份，秦先生初時很生氣，以為國王害死了這麼多百姓。

國王帶他到崖下一看，秦先生才消了氣，國王就禮聘他為丞相。

除了秦先生外，還有其他人勸大家不要跳崖，只是不如秦先生盡心盡力，國王就把他們通通聘用，成為不同部門的主管。

構思這個計劃的我，當然受到國王的誇獎，被封為教育部主管。

國王很滿意，整個朝廷都是聰明人，這個國家的發展一定會愈來愈光明。

我也是這樣想的，但我漸漸發現，教育部主管可不容易做。

我恰巧想到了一個選拔人才的方法，但我對教育一竅不通，連國家的教育制度是怎樣的，我也說不清楚。

但每天上班，總有大量的事情等待我作決定，弄得我焦頭爛額，生怕做錯一個決定，就害了莘莘學子。

我不禁想，我不懂教育，其他「聰明人」會不會……不擅長他們的本職？

果然，秦先生當了丞相後，每天廢寢忘餐，但連續幾條政令都出了大問題。

雖然國王很信任他，但他依然很自責。

其他部門的「聰明人」，也有類似的情況，國家行政愈發混亂。

十年後，鄰國乘虛而入，待我們發現時，鄰國的兵馬已經攻入王宮。

軍事部主管嚎啕大哭，他說上任前，是一個詩人，從來沒有受過軍事相關的訓練，更遑論收集情報。

國王問我：「我以為任用聰明人就可以救國，難道他們不夠聰明嗎？」

我無言以對。

所有人都以為，我們即將亡國滅皇。

千鈞一髮間，一隊兵馬出現，他們武功高強，以一當十，擊退敵軍。

兵馬的領頭人居然是……大牛，第一個跳下雲霧崖的大牛。

國王設宴款待大牛，大牛說出他的經歷。

原來，他跳下雲霧崖後，意識到自己不是聰明人，也不可能成為聰明人。

於是他帶著一群兄弟，苦練武功，他們本來就有武功底子，還學會了排兵佈陣，漸漸發展成一隊精兵。

「你怎會懂得練兵？」國王的言下之意，是大牛這麼笨，怎會懂得練兵。

「我不懂啊。」大牛撓撓頭說：「路邊的書局就有《孫子兵法》，我們一人買了一本，每天閱讀，交流心得，分隊模擬……就變成這樣了。」

我和國王對視一眼，恍然大悟。

國王一直在找一個「聰明人」，希望聰明人可以解決所有問題。但術業有專攻，聰明比不上專業。

缺乏專業的聰明，只是空中樓閣，即使偶有妙計，也難以長久。

正如你病了，一個聰明人不會懂得治病，但一個受過十年專業訓練的醫生，哪怕他沒有那麼聰明，都能把你治好。

秦先生辭去丞相之位，其他「聰明人」（包括我）都辭職了。

國王重新選拔人才，不再用那些古怪的方法，而是把更多資源投放在教育上，用考試找出不同範疇的人才。

如此一來，未必能找到最出色的天才，但至少每個選拔出來的人才，都能勝任本職工作。

我又變成了一個裁縫，不再位高權重，但我相信，我的國家一定會愈來愈好。

人人都想做天才，但世上哪有那麼多天才，天才也不能解決所有問題。

也許我們沒法成為天才，但只要堅持學習一種技能，總有一天，可以成為一個專才。

有時候，專才比天才更有用。

—完—

8 家人都想吃掉我

深夜，饑餓。

我知道，島上大部份居民，都活在饑餓中。

我住在一個以旅遊業為主的離島，生活一向平靜。

前陣子，通往這個島的唯一一條大橋斷裂了，空中也出現了奇怪的氣流……起因我也說不清楚。

總之，這個島變成了孤島，居民沒法離開，物資沒法運進來。

島上有網吧、有酒店，卻沒有農田、沒有牧場。

超市的物資被搜刮一空，大部份人都吃光了存糧，大家開始捱餓。

我閉上眼睛，對自己說，快睡吧，夢中有很多美食……

這時候，婆婆躡手躡腳地走進我的房間，把老公喚醒，帶他到客廳，悄悄關上房門。

我覺得很奇怪，就伏在地上，偷聽他們的說話。

「兒子，家中的食物已經吃光了。」是公公的聲音。

老公答：「是我沒有用，令你們捱餓了。」

「這怎能怪你，島上所有人都是這樣。」婆婆欲言又止地說：「關於媳婦……」

聽到他們說起我，我專注地偷聽。

公公嘆道：「媳婦的身體一向嬌弱，饑荒期間，她瘦了很多，我怕她沒法捱下去。」

「那我帶她去看醫生？但島上已經沒有藥物了。」老公有點迷茫。

婆婆單刀直入地說：「她死路一條，把她吃掉吧，至少我們可以活下去。」

老公驚叫：「你說什麼？」

公公輕描淡寫地說：「你不餓嗎？別擔心，你媽媽的廚藝很好。」

「捱過了饑荒，你還可以再娶。但人死了，就萬事皆空。」婆婆努力勸說老公。

他們商量了一會，最後老公居然說：「唉，我明天上街找食物，如果找不到……我也是逼於無奈，希望老婆不會責怪我。」

我倒抽一口涼氣，馬上裝作沉睡。

老公回到房間，他溫柔地撫摸我的臉，喃喃自語道：「對不起。」

我心亂如麻，等老公睡著了，我靜悄悄地離開了這個可怕的家。

幸好，我的娘家和夫家在同一棟大廈，我很快就回到娘家了。

聽到我的遭遇，媽媽淚流滿面，大罵老公是禽獸。

爸爸安慰我：「你已經回家了，別怕。」

什麼愛情、婚姻，在生死面前，全都靠不住，他們是一家人，我只是食物！

幸好我還有父母，他們是最疼愛我的人，我們有著最緊密的血緣關係。

可惜，家裡已經沒有食物了，我回到我從前的房間，正打算要睡。

今天的遭遇太過駭人聽聞，我無法入眠，隱約聽到父母在竊竊私語，我下意識地偷聽。

媽媽義憤填膺地說：「我們養了二十多年的乖女兒，他們居然想吃了她！」

「對，我們養了這麼多年的女兒，怎可以給他們吃掉？」爸爸沉默了一會，忽然說：「身體髮膚，受之父母。即使她要被吃掉，也該是我們吃掉。」

「什麼？我們只有一個女兒，你為什麼想吃她？」媽媽的聲音也在顫抖。

爸爸答得爽快：「因為我餓了，你不餓嗎？」

我像等待行刑的犯人，屏著呼吸，等候媽媽的答案。

媽媽沉默了很久，然後說：「她是我的親生骨肉，你讓我親手殺掉她？不可能。」

那一刻，我想高唱「世上只有媽媽好」。

豈料，媽媽繼續說：「隔壁的祥叔有一個兒子，不如我們用女兒交換他的兒子。」

「他的兒子是弱智的。」爸爸說。

媽媽嘆道：「只是食物，弱智有什麼關係？我猜，他們也想把兒子吃掉，但始終是親生骨肉……易子而食，就沒那麼心痛。」

我的心情……我已經沒有任何心情了。

我聽到爸爸說：「好吧，明天我去問問祥叔。」

一切彷彿歷史重演，他們入睡後，我躡手躡腳地逃跑了，逃離這棟大廈，逃出這個曾經溫暖的家。

逃跑成功了，但夜色茫茫，我不知道我能去哪裡。

這時候，我隱約嗅到一股烤肉的氣味，餓得頭昏眼花的我，下意識地走向氣味的方向。

我看到三個壯漢在烤肉，有說有笑。

我來不及思考，已經被他們捉著了。

其中一個男人拿著染血的菜刀逼近，哈哈大笑道：「今天真幸運，剛吃完一個亂跑的小孩，又有一個女人送上門。」

我心頭一片冰涼，原來，我逃不過被吃掉的命運，早知如此，我就該讓老公吃掉、讓父母吃掉。

突然，另一個男人擺擺手：「老二，住手，不要殺她。」

老二怔了怔：「老大，為什麼？」

「我們把她吃掉了，下一頓該怎麼辦？現在所有人都緊閉門窗，上街時也是三五成羣，人人手持武器，很難找到食飯。」老大回答：「她是個單身女人，不如用她作餌，讓她去敲門，求人施捨一些食物。」

老三不明白：「大家都快餓死了，哪有人會給她食物？吃了她還差不多。」

「想吃她，就要開門。一開門，我們就一起衝進去！」老大計劃周詳。

我忍不住說：「喂，我沒有答應幫你們。」

老二冷笑道：「你拒絕的話，我們現在就吃了你。」

老大拿著一塊烤肉，溫柔地說：「你願意做餌的話，我們吃肉時，一定有你的份。」

食物的香味從鼻端直衝到腦門，我受不住誘惑，一口咬在那塊肉上。

那是人肉……真可口，可惜只有一塊。

事到如今，我已經沒有選擇，我只能聽從他們的吩咐，去到某戶人家門外，敲門大叫道：「有人嗎？」

門內傳來一把女聲：「你是誰？」

「我餓了很久，求你給我少許食物吧。」我用最淒涼的聲線哀求道。

門內沉默了一會，她大概是在貓眼裡觀察我吧，但三兄弟躲在轉角的位置，應該不在她的視線範疇內。

那個女人說：「進來吧。最近治安不好，我不敢開門。」

你不開門，我怎樣進來？她又說：「我從前養了一隻狗，門上有一個狗洞，委屈你了。」

鋼門的下半部份，開了一個小洞。

我爬進去，洞口很窄，三個壯漢應該很難爬進來。

他們沒法進來，手無縛雞之力的我，豈不是會被人吃掉？

這時候，我看清屋內的景象，裡頭只有一個老婆婆，一瘸一拐地走向廚房。

「你來得剛剛好，我正好煮了粥。」

我呆了呆：「為什麼你還有米？」

「我不良於行，購物必須送貨，我怕麻煩，每次都會訂購大量的白米，所以我活到了今天。不過，這是最後一頓了……」婆婆一邊說，一邊從廚房拿出兩碗粥。

我接過一碗濃稠的粥，再看看婆婆的碗，稀得像水一樣。

我難以置信，我明明是做魚餌的，居然有人給我食物。

以婆婆的年紀和體力，即使她有刀，也不可能制伏我。

換句話說，從她打開狗門那一刻起，她就打算把最後一碗粥送給我。

婆婆溫柔地說：「吃吧，你餓了很久吧。」

我淚流滿面，這是我吃過最溫暖的粥。

吃了一碗粥，我的肚子裡暖洋洋的，門外突然傳來一陣雜亂的狗吠聲。

狗吠聲，是三兄弟訂下的暗號，一旦出了意外，他們會在屋外扮狗吠，我就趁機把門打開，讓他們進去。

我要開門，讓他們把婆婆斬成肉碎嗎？

我當然不願意，但屋裡的糧食已經吃光了，我們總要外去找食物。

三兄弟之中，一定有人會守在門外，到時他們不但會吃掉婆婆，還會殺死背叛的我。

門外的狗吠愈發急促，他們心急如焚，我應該怎樣做？

這時候，窗外突然傳來擴音器的聲音：「直昇機來了，有食物、有物資，大家快來！」

我衝到窗邊，看到遠處有幾架直昇機，還有人在搬運一袋袋的大米，所有居民都從屋裡衝出去。

我們得救了！大喜大悲之下，我心神一鬆，終於昏倒了。

我醒過來後，一切漸漸回復正常。

源源不絕的物資運來了，大橋正在重建，商店都恢復營業。

法不責眾，饑荒期間，一切的罪案都沒有被追究。

不過，破碎的心沒法回復原狀。

我和老公離婚了，也不肯再與父母見面，我實在沒法忘記，他們曾經想把我吃掉。

我和婆婆同住，她在絕望中給了我唯一的溫暖，我會照顧她的晚年。

婆婆死後，我收到律師轉交的遺囑，無親無故的她，把房子留給我了。

除此之外，她還留下了一封信。

信上說，當日她準備吃最後一頓飯，憂心之後的食物來源，我就出現了。

那時，婆婆想把我吃掉。

武力上，她沒法制伏任何人，於是她拿出自己常吃的安眠藥，把藥粉都倒進粥裡。

我那碗粥這麼濃稠，是避免藥粉太過顯眼。

饑荒後，我貼心地照顧婆婆，婆婆捨不得我，所以死後才把真相告訴我。

信的最後一句是：對不起。

我的心情複雜，原來所謂的「生命中唯一溫暖」，都是虛偽的。

面對生死，連我的父母、丈夫都對我動了惡念，我怎能奢望，一個陌生人會把最後一碗粥留給我？

當時我也吃了人肉，為什麼我輕易地放過自己，偏偏對別人的錯耿耿於懷？

也許，「嚴以律人，寬以律己」是人的劣根性。

我原諒了父母，好好照顧他們，直至終老。

很多年後，我把這個故事放到網上。

有人痛心，有人嘆息，有人留言問：「你原諒父母，是因為婆婆的信，令你感悟到人生道理；抑或是因為婆婆死後，把房子留給你了，你想起，父母名下也有房子……」

有時候，做一個決定，不止有一個理由……

—完—

9 我的職業是：冥婚輔導員

一個月黑風高的晚上，我睡在床上，半夢半醒間，突然聽到一把女聲：「你對我已經不像從前了！」

我睜開眼睛，看到一男一女在我床前飄來飄去。

「你能看見我們？」女鬼看向我：「那你來評評理。」

「我……我評理？」我一怔。

「對，我說下周是情人節，我們應該去海邊，吃燭光晚餐，度過一個浪漫的夜晚。」

女鬼忿忿不平地說：「但老公說，我們不是人，情人節與我們無關，我們沒有味覺，燭光晚餐更沒有意義。」

哦，雖然我是單身，但朋友有感情問題時，也常常找我幫忙。

我駕輕就熟地回答：「男女的思考模式不同，男士從實際出發，未必能即時地體會女士的感受和需要。」

我望向男鬼：「其實她只想感受到你的愛，是什麼節日、能不能品嚐晚餐的味道，都不重要。」

男鬼若有所思地點點頭，然後就消失了。

我後知後覺地想起，他們沒有腳！他們是鬼！

我應該害怕，但我現在害怕，好像太晚了。

沒多久我就睡著了，第二天晚上，一隻年輕男鬼出現在我床前，害羞地說：「你好，我叫阿德，昨晚你幫過張太太……」

張太太，應該是昨晚的女鬼。

「我有些冒昧，但很少人有陰陽眼，更少人像你般樂於助鬼，所以我想請你幫一個忙。」阿德含羞答答的，我的恐懼漸漸消失。

阿德解釋，這個城市有冥婚的習俗，父母希望子女在天之靈，能有個伴侶，就會找未婚而亡的異性，幫他們舉辦冥婚儀式。

阿德生前沒有談過戀愛，死後父母幫他娶了可愛的麗麗。

阿德對麗麗有好感，但他們生前沒有見過面，就這樣成為了夫妻，相處時有點尷尬。所以，阿德托我幫忙，問問麗麗的家人，麗麗有什麼愛好，他想在情人節向麗麗表白。

我感慨道：「先結婚後表白？真有趣。」

「傳統社會中，人人都是盲婚啞嫁，也不覺得冥婚有問題。」阿德說：「但現在流行自由戀愛，冥婚卻沒有選擇，大家當然不習慣。」

「你真幸運，家人幫你選擇了你喜歡的女生。」我笑了。

阿德臉都紅了：「對，希望……希望麗麗會喜歡我吧。」

第二天，我去找麗麗的家人。

為了令麗麗婚姻幸福，他們提供了很多麗麗的喜好，幫阿德出謀劃策，還買了禮物叫我燒給阿德。

結果阿德的表白很成功，兩夫妻的感情一日千里，家人還給了我一封媒人紅包。

幫了人、幫了鬼，還賺了錢，我也很滿足。

此後，有不少冥婚的夫妻來找我，有時叫我聯絡家人，有時叫我幫忙購物，最常見的還是婚姻輔導。

冥婚的選擇很少，只要有單身的異性死了，家人馬上舉辦婚事，所以雙方合不來的機率很高。

幸好，所謂「人之將死，其言也善」，人死後，通常沒有生前那麼苛刻，而且做鬼也不像做人那麼複雜。

所以，我幫他們調解誤會後，多數情況下，兩夫妻都能幸福快樂地生活下去。

漸漸地，我成為遠近馳名的「冥婚輔導員」。

直到有一晚，一隻叫琪琪的女鬼來找我，劈頭就說：「我要離婚。」

我習慣性地說：「別衝動，你們之間發生了什麼問題？」

「我不愛他。」琪琪斬釘截鐵地答。

原來，琪琪年紀輕輕就病死了，父母很傷心，剛好琪琪的同學阿邦車禍身亡，兩家人一拍即合，立刻舉辦了冥婚儀式。

人剛剛死去時，靈魂還未習慣做鬼，意識會有一段時間的渾渾噩噩。

所以，當琪琪反應過來時，她已經成為阿邦的妻子，大家睡在同一個棺木裡。

琪琪十分反感，所以她希望，我幫忙向她的父母傳遞消息，要求離婚。

「你想怎麼離婚？」我真的不知道，冥婚要怎樣離婚。

琪琪答：「至少要把我的屍骨，從阿邦的墳墓裡移出來，我要分墳！」

除非修練成鬼仙，否則每天鬼魂都會有一段時間，必須留在屍骨附近。

所以，琪琪和阿邦合葬，意味著琪琪每天都要面對阿邦，類似同居的生活。

我當時沒有想太多，琪琪叫我傳話，只是舉手之勞。

豈料，琪琪的父母不願意分墳。

琪母嘆道：「分墳後，琪琪就是一隻孤零零的遊魂野鬼。」

我向她解釋：「琪琪不喜歡阿邦，卻被逼嫁給阿邦，她很難接受這個現實。」

琪父大怒：「人人都是這樣的，為什麼只有她不滿意？」

「對啊，她都結婚了，對婚姻要有責任嘛。」琪母皺著眉道。

這時候，耳邊響起刺耳的尖叫聲：「結婚不是我的選擇，我有什麼責任？」

原來，琪琪放不下心，特地來看看我和她父母的溝通狀況。

琪琪的父母雖然不能看見琪琪，但從我的神情中，很快就意識到琪琪出現了。

琪母嚎啕大哭：「琪琪，要找到合適的陰親，你知道有多難嗎？你離婚後很難再嫁的。」

「那我不嫁了，我寧願做孤魂野鬼！選擇和誰結婚、結不結婚都是人權。」琪琪強調。

琪父看向我：「她說什麼？」

我婉轉地說：「她說結婚的選擇是……人權。」

「是『人權』，也不是『鬼權』。」琪父嗤之以鼻道：「有本事就到法院起訴我。」

這場對話不歡而散。

我和阿邦見面，說出事情的始末，問他能不能幫忙。

沒想到，阿邦說，他生前暗戀琪琪，死後能做夫妻，他十分滿意。

我說：「但琪琪不滿意。」

「給我一點時間，我一定能打動她。」總之，阿邦不肯放手。

琪琪很不快樂：「我從來不想和他結婚，這和強搶民女有什麼分別？」

她開始利用自己微薄的靈力，製造麻煩，弄得陰風陣陣，夜半鬼哭。

我怕這樣下去，琪琪會變成厲鬼，我常常到訪琪琪和阿邦的家裡，希望說服他們的父母。

終於有一天，琪琪的父母帶著一群親友，還有一個道士，浩浩蕩蕩地去了琪琪和阿邦的墳墓。

我很高興：「你們想通了，要幫琪琪分墳嗎？」

琪父故作高深地點點頭：「問題始終要解決，琪琪每天投訴，也不像話嘛。」

我滿心歡喜地看著道士作法，但愈看愈覺得不妥。

我雖然沒有學過道術，但我常常和鬼魂溝通，也有一些基本的了解。道士的法術，分明不是要分墳，而是要封印。

「為什麼要封印琪琪和阿邦？」我想阻止道士，但馬上被琪父帶來的親友制伏了。

「琪琪對阿邦不滿意，是因為她四處跑來跑去的，他們的相處時間太少了。」琪父說：「如果他們都被困在墳墓裡，就沒有那麼多問題了。」

琪母附和道：「感情都是培養出來的，朝夕相對就行了。」

阿邦的鬼魂飄出來說：「對，為了琪琪，我願意放棄我的自由，永遠留在墳墓裡。」

突然，雙目通紅的琪琪在半空中出現，發出淒厲的嚎叫。

大家都捂著耳朵，滿臉驚恐地看向琪琪。

「小心，她的怨念太深，已經化為厲鬼，連沒有陰陽眼的人都能看到她！」道士大叫。

我的頭很痛，耳朵滲出血絲：「琪琪，冷靜一點。」

「不消滅她的話，我們都會死。」道士祭出一張道符，在琪琪身上爆炸，轉眼間，她就變成一個巨大的火球。

「不，琪琪！」阿邦飛向火球，自己也化成飛灰。

琪父目瞪口呆，琪母已經嚇暈了。

事後，琪琪的父母不肯接受「琪琪已經魂飛魄散」的事實。

他們天天幫琪琪祈福，希望幫她多積一些陰德。

有一次，我路過他們的家，看到他們跪在地上，念念有辭，神情極度虔誠。

我相信，他們很愛琪琪，正如阿邦對琪琪也是真心的，才會毫不猶豫地衝過去，陪著琪琪灰飛煙滅。

但「愛」就是這麼奇怪，我可以為你死，但我不肯為你放手。

關於愛，最大的難題，是當我說「我愛你」時，到底是用我的方法去愛你，抑或用你的方法去愛你？

—完—

10 永生遊戲

一場車禍，奪去了老公的生命。

親友紛紛慰問：「節哀順變。」「他註冊了永生遊戲嗎？」「只要有登記，就不用傷心了。」

幸好，老公註冊了永生遊戲。

十年前，科學家研發出一種新技術，可以在人死後兩天內，利用死者的腦部，把他的思想上載到網上。

但是，大家很難適應純思想、沒有身體的生活。

所以，全球最大的遊戲公司迅速收購了這種技術，推出永生遊戲。

人的思想可以寄存在遊戲內，成為遊戲角色，繼續生活。

活著的人也可以註冊，進入遊戲，與已逝的親友交流，和平時玩遊戲差不多。

雖然這隻遊戲沒有怪物（你沒法想像，你的爺爺要打野豬升級），但迅速成為全球最受歡迎的遊戲。

以前，活著的人會燒冥鈔，現在我們直接購買點數卡，讓逝者在遊戲裡買房子、買衣服、買玩具。

雖然遊戲角色不會饑餓、不會死亡，但依然有感情和虛榮心，消費不少。逝者也可以在遊戲裡打工賺錢，和現實沒有太大分別。

遊戲剛剛推出時，也引起了一些混亂。

例如有人恃著自己已經死了，肉身不會再受到傷害，就在遊戲中作惡，諸如盜竊、行騙、騷擾。

但大家很快意識到，遊戲管理員比現實的警察更有行動力。

現實中，你要捉賊，總要先找到他的蹤跡；遊戲管理員掌握了每個角色的代碼，哪怕逃到天涯海角，都可以禁言、罰款，甚至刪號。

所以，遊戲很快安定下來，死亡就像換了一個地方生活，不再令人聞之色變。

老公生前註冊了永生遊戲，兩天後，我就收到他的角色編號。

我創建角色，登入遊戲，立刻找到我老公。

遊戲角色的相貌，是根據現實來作出模擬的，所以老公的長相幾乎和生前一樣，只是頭上多了一行字「陳大文Ａ５０」。

我打字說：「你的編號在頭頂，真好笑！」

老公頭上彈出一行字：「方便辨認嘛，人人都是這樣的。」

「老婆，我想你了。」屏幕上，老公的角色擁抱著我的角色。

我很感動：「你怎樣做到的？我也要試試！」

「我在遊戲裡，只要默念『擁抱你』就行。你在用電腦，按１是擁抱、２是接吻……」老公慢慢解釋。

我笑了：「我的遊戲角色親吻你，你會有感覺嗎？」

「我的心會感覺甜蜜。」老公回答。

我明白，生與死的距離，不是那麼容易跨越的。

現在我可以每天上線，和老公聊天，我已經很滿足了。

今天我上線時，老公在看書，我隨口問：「你很久沒有寫小說了。」

老公喜歡寫小說，幾乎每天都要創作，他發生車禍前，手上還拿著原稿紙。

老公答：「噢，最近沒有什麼靈感，我先看看書。」

事後，我愈想愈不對勁，老公生前即使沒有寫作，也會和我分享他構思的新故事。

現在他住在永生遊戲裡，照樣可以上網，又不用上班應酬，為什麼他不創作了？

我曾和老公談起往事、提起他的舊作品，他通通記得一清二楚。

但有一次，我說我寫了一個故事，叫他幫我構思故事的結尾，他卻什麼也想不出來。

我開始在網上，尋找永生遊戲的負評，有少部份人說，親友生前有很多想法，但死後就不再有新的想法了。

很多人嘲笑他們：「人可以永生，就不錯了吧，難道還奢求他智慧超群？」「可能死時腦部受了傷害，影響。」

這些死者和老公的情況一樣，完全不像腦部受損，他們記性很好，反應迅速，只是再也沒有新的想法和創作。

可能你會問，我為什麼在乎老公的創作？

不，我懷疑，遊戲裡的「陳大文Ａ５０」根本不是我老公，只是輸入了老公的記憶和情感的ＮＰＣ。

這樣做的目的，自然是引誘我們這些真玩家，大量課金，支撐「家人」的生活。

就像我買一部新電腦，即使把舊電腦的檔案和程式，都安裝在新電腦裡，始終不是同一部電腦。

我婉轉地對「陳大文A50」提出我的懷疑，他很生氣：「什麼？我明明是你的丈夫，我記得我們所有的過去……」

我說：「你說一句話來哄哄我。」

然後，他說了很多甜言蜜語，但每一句都是老公生前說過的，他竟然連一句新的話，也想不出來。

他很慌張：「我會多看書，學習怎樣哄你。」

但我們都知道，這不是閱讀的問題。

陳大文A50問：「我愛你，我擁有『陳大文』的所有記憶，我真的不是陳大文？」

雖然殘忍，但我也要說實話：「你是『陳大文A50』。」

他就問：「你會怎麼辦？你以後還會上線嗎？」

我堅定地說：「我要告訴全世界，永生遊戲根本是一場騙局！」

「我會幫你。」他沉默了一會，然後說：「我根本沒有新的想法，當我回憶過去，那些事就直接地出現在我的腦子裡，你所說的……可能是真相。」

然後，我打開屏幕錄製，陳大文A50開始訴說他的經歷和感受。

錄下證據後，我忍不住問：「為什麼你要幫我？」

他回答：「雖然我不是你的丈夫，但我滿腦子都是『愛你』，我要滿足你所有的願望。」

我退出遊戲，淚流滿面。

我也搞不懂，令我感動的，到底是陳大文A50對我的愛，抑或是老公記憶裡留下的深情。

為免大家繼續受騙，我在各大論壇發帖，連同陳大文A50的自白影片，揭穿永生遊戲的陰謀。

出乎意料的是，我被大眾辱罵，還被很多論壇刪帖了。

為什麼？即使證據不足，但大眾一向仇富，最喜歡討論大公司的陰謀。

然後我被起底，每天都收到騷擾電話。

我借了朋友的帳號，登入永生遊戲，發現陳大文A50已被刪號。

我傷心，但我依然要打起精神，記錄這個證據。

遊戲公司刪號滅口，分明是心虛。

支持我的人寥寥無幾，各種障礙都沒有令我放棄，但有一天，媽媽對我說：「住手吧。」

我很震驚：「你不相信我嗎？」

「你是我的女兒，我怎會不信你？」媽媽話鋒一轉：「但你爸爸的病愈來愈嚴重了，醫生說病情很不樂觀。」

我猜測：「有人威脅你，要求我住手，才會繼續幫爸爸治病？」

媽媽回答：「不，我幫他註冊了永生遊戲。我怕你胡言亂語，遊戲公司會取消親屬的遊戲資格。」

我大怒：「你幫爸爸註冊了？那是一場騙局！永生根本不存在，只是把記憶和情感轉移到遊戲角色上，那根本不是爸爸。」

「我相信你。」媽媽認真地說：「但如果爸爸真的走了，我會想念他。」

「遊戲角色不懂思考，只會根據程式設定和回憶去回答。」我強調。

媽媽語氣悲涼地說：「我不需要他有新的想法、不需要他很厲害，哪怕是假的，我也希望他繼續和我聊天，就像……他還在。」

我終於明白，為什麼很少人相信我，很多人攻擊我。

不是因為我的證據不足，而是因為我所說的，是他們不願意相信的事：世上根本沒有永生。

永生遊戲說出最動聽的謊言：你愛的人永遠在遊戲裡等你。

於是無數人願意為這個謊言付出金錢、付出更多感情，成為永生遊戲的支持者。

「即使是假的，至少活著的人開心了。」媽媽勸我：「什麼是真？什麼是假？人們花數千元買一件名牌衣服，難道穿上了，就會變成大美人嗎？」

也許她是對的，每個人都曾經為謊言付費，而且，大部份人樂此不疲。

有人沒法接受謊言，就會被世人排擠，視為異類、視為錯誤。

「真實」和「正確」，有時背道而馳。

—完—

11 我的職業是：時間管理員

「你涉嫌違反『時間管理法』，已經被拘捕了。」

我把手銬拘在疑犯手上，自己也有少許暈眩，我知道，「時間囊」的藥效已經過去了。

幾年前，市面上出現了一種叫「時間囊」的藥，服用後，人的感官和動作都會加快十倍，時間變相放慢十倍，像閃電俠一樣，做什麼都快十倍。

初時藥效只有幾秒，大家只是用來作弄朋友。

後來，藥廠研發出更先進的「時間囊」，藥效由幾秒，上升到一個小時、十個小時……

有人利用「時間囊」犯罪，盜竊和非禮是最常見的，打劫、殺人也常有發生。

於是，政府全面禁止「時間囊」的銷售，「時間囊」正式變成非法藥物。

但就像毒品一樣，只要利潤夠大，必會有人冒著被拘捕的風險，悄悄售賣「時間囊」。

所以，依然有人利用「時間囊」犯罪。

由於罪犯的時間比常人慢十倍，無論是搜證、拘捕，都變得很困難。

「時間管理員」這個職業應運而生，專門負責與「時間囊」相關的罪案。

作為時間管理員，我被特許使用「時間囊」，而且我的「時間囊」比市面上更先進，可以把感官和動作加快十三倍。

我比罪犯更快，才能捉到罪犯。

我很喜歡這份工作，除了可以維持正義之外，還可以名正言順地用「時間囊」，享受那種所有人都比我慢、眾人皆醉我獨醒的感覺。

但最近，使用「時間囊」的罪犯，突然以倍數上升。

有一次我吃了藥，正在追捕一個疑犯：「你跑不掉的，我的『時間囊』比你更快。」

這時候，我眼角的餘光瞥到，另一個人在街邊跑過。

他跑得不慢，而我的時間加快了十三倍，換句話說，他也服用了「時間囊」，才會跑得這麼快。

他明顯有濫用「時間囊」的嫌疑，但我正在追捕一個疑犯，我應否截著他？抑或通知其他時間管理員來處理？

我還未決定好，就看到第三個人，涉嫌濫用「時間囊」……

最後，我只拘捕了一個疑犯。

返回總部後，我匯報了這件事，但其他同事有類似的遭遇。

大家接獲很多報案，遇上很多疑犯，根本沒有足夠人手去處理。

原來，「時間囊」一向是由一間大藥廠生產，立例禁止後，藥廠只會生產藥物給時間管理員，以及作為研究用途。

黑市上也有人高價售賣「時間囊」，可能是之前的存貨，又或是由藥廠內部流出，總之數量不多。

但據說，最近有其他藥廠得到「時間囊」的配方，大量生產，銷售牟利。

所以市面上，大量「時間囊」流出。

主管說，政府會努力處理「時間囊」流出的問題，部門也會儘快增聘人手。

但所有事都需要時間，在這段期間，我只能天天加班，盡可能把疑犯緝拿歸案。

我常常思考，配方已被洩露，政府怎能令「時間囊」不再流出？

一個月後，問題徹底地解決了。

政府正式宣佈，「時間囊」合法化。

而且，各大藥廠都得到生產「時間囊」的權利，「時間囊」的售價大幅降低，平民都能夠負擔。

同時，我失業了。

既然使用「時間囊」不再違法，所有時間管理員都被解僱。

依然有人利用「時間囊」犯罪，但會被當成普通罪犯，由警察處理。

雖然警察可以服用「時間囊」去追捕罪犯，但「時間囊」是一種專業，怎樣控制加快十多倍的感官動作、怎樣制伏服用了「時間囊」的罪犯，都是學問。

政府無法控制「時間囊」的流出，索性把它合法化。

這種馬虎的處理手法，一定會造成很多問題。

也許沒多久，街上會充斥著濫用「時間囊」的罪犯，整個城市即將成為罪犯的天堂。

總之，解僱時間管理員，絕對是錯的！

但過了一段時間，我預想的情況沒有出現，反而是社會出現了極大的變化。

新推出的「時間囊」藥效愈來愈長，一顆有效一天，對身體沒有明顯的副作用。

「時間囊」的銷量愈來愈高，顧客們只想有更多時間工作。

家長開始買「時間囊」給子女，讓他們有更多時間溫習，可以得到更優秀的成績。

其實，也有人不想買「時間囊」，但社會的本質就是競爭。

其他同學服用了「時間囊」，比你的子女多了十倍的溫習時間，成績突飛猛進，你會不會給子女買一些「時間囊」？

你的同事服用了「時間囊」，工作時間比你多十倍，老闆問為什麼你的工作量這麼低，考慮解僱你，你會怎麼辦？

漸漸地，大部份人長期服用「時間囊」。

「時間囊」陸續推出一個月套裝、一年套裝、家庭裝……變成必備的日用品。

社會改變人類，同時人類也在改變社會。

當所有人都用了「時間囊」，公司的工作、學校的上課時間、教學範圍、功課量都增加了十倍。

總之，每個人都用「時間囊」來要求你的生活。

即使和朋友吃飯，朋友服用了「時間囊」，用十倍速度吃飯和說話。

沒有服用「時間囊」的你，聽不清楚朋友的話，無法進行基本交流，大家都會把你當成怪胎。

換句話說，所有人，只要生活在群體社會中，必須服用「時間囊」。

和從前一樣，我的袋子裡隨時有一盒「時間囊」。

但我不再是時間管理員，服用「時間囊」時，也不再有「眾人皆醉我獨醒」的感覺，我不過是為了生存、為了融入社會。

我曾經以為我很特別，但只要環境改變，我馬上成為芸芸眾生之一。

因為我的「特別」，不是我努力賺來的，而是「時間囊」賦予的。

比一樣東西更珍貴的，是你得到那樣東西的能力。
別人賦予你的東西，即使再珍貴，也隨時可以收回。

—完—

12 真實遊戲

我們千辛萬苦，排除萬難，終於擊破了敵方的主堡！

戰勝後，我的排位又會上升，真令人身心舒暢。

主堡爆裂時，我突然聽到「遊戲開始」。

等等，我還未跳到結算畫面，怎會開始新一局？

這時候，我發現一件更可怕的事：我身處遊戲裡。

我看看我的手，手上果然拿著一把弓箭。

「喂，別發呆，遊戲開始了。」有人拉拉我的手。

我一怔：「你是？」

對方高舉手上的盾牌：「我是你的輔助，在我身後放心輸出吧。」

我胡裡胡塗地被他拉著前進，我一邊跑，一邊說：「我剛剛在玩遊戲，突然就進來了。」

「原來是新手。」輔助點點頭，開始介紹。

這個地方叫「真實遊戲」，每個玩家都是真人，分為兩隊對戰，目標是守衛自己的主堡，並擊破對面的主堡。

說到這裡，輔助突然大叫：「前面有人，是對面的法師，快射箭！」

眼前出現了一個拿著魔杖的女生，手足無措地看著我們。

她是活生生的人，我怎能向她射箭？

下一秒，輔助高舉盾牌，狠狠砸在女生的頭上。

女生被砸到滿頭都是血，然後她一揮魔杖，一個火球飛向我的胸口。

天上降下一片火雨，我的血條不斷下降，最終，我倒下了。

我眼前出現復活倒數，十秒後，我發現自己站在復活點，沒多久，輔助也出現了。

輔助埋怨我：「你為什麼不射箭？」

「她是人……」我的思緒混亂：「你攻擊她，她為什麼會殺我？」

「人人都知道，要先殺射手。」輔助答得理所當然。

這一刻，我才真正意識到，我身處遊戲裡。

輔助再次拉著我，叫我去防守，這次的敵人，是一個虎背熊腰的大漢。

我下意識地舉起弓箭，發動技能，把他射死了。

遊戲中，不是你死就是我亡，而且死後會復活，令我不太內疚。

沒多久，我們勝出了。

結算畫面過後，我出現在大廳裡，輔助拍拍我的肩：「兄弟，你的反應挺快嘛。」

「還可以。」我連忙問輔助：「怎樣才能回到現實世界？」

我雖然喜歡玩遊戲，但不代表我喜歡被困在遊戲世界。

輔助指著旁邊的告示版，上面寫著「遊戲規則」。

在「真實遊戲」裡，每人一天至少要玩五局遊戲，不設上限。贏家會賺到一顆星星，輸家會失去一顆星星，儲夠星星可以提升排位，排位提升到最高級，就可以回到真實世界。

「即使百戰百勝，也要勝出一百次，才可以離開這裡。」輔助嘆道：「哪有可能百戰百勝？有時贏兩場，輸三場，真令人失望。」

我和輔助聊了一會，十分投契，就一起玩了兩場遊戲，一輸一贏。

我累得喘不過氣來，「空閒時玩遊戲」和「被逼玩遊戲」是兩回事。

我忍不住說：「要升到最高級的排位，可能要玩幾百場。」

輔助說：「而且你的排位提升了，你匹配的對手排位會和你一樣，實力更強。」

「這樣下去，我會發瘋的。」我嘆道。

輔助突然雙眼發光：「有些人會發瘋，真想遇上發瘋的對手。」

我不明白他的意思。

「有些人自覺無望提升排位，一輩子都要被困在遊戲世界，愈來愈頹廢。」輔助解釋：「他們被強制入場，索性躲在復活點，不肯出來，甚至故意搗亂，我們就少了一個對手。」

我提醒他：「我們有機會抽到發瘋的對手，也有機會抽到發瘋的隊友。」

「也是的，唉，都是運氣問題。」

這時候，大廳傳來一陣哄動。

一個獐頭鼠目的男人出現，很多人圍著他他馬屁。

我忍不住問：「他是誰？」

輔助解釋：「他是近期最厲害的刺客，已經連勝二十場，大家都想和他組隊。」

「值得出賣身體嗎？」我親眼目睹，有個美女用胸部碰他的手臂。

「在現實世界，大家都有留戀的人和事，但實力不夠，可以怎麼辦？」輔助一臉艷羨地說：「如果我是美女，我也想出賣身體。」

我看著被圍繞的刺客，也有些羨慕，不是羨慕有美女出賣身體，而是羨慕他這麼厲害，厲害得為其他人帶來希望。

我要努力，終有一天，我會成為其他人的希望，幫我的隊友離開這裡。

這個世界除了遊戲外，什麼也沒有。

人不會饑餓，不用上廁所，不玩遊戲的時候，只能看看遊戲的裝備列表，和其他人交流一下。

我嘗試交朋友，但每個人的想法，都只是提升排位、離開這裡，三句不離遊戲心得。

而且，如果大家沒有組隊，可能下次就會在戰場上相見，你必須把刀插入對方的胸口，還怎樣建立深厚的友誼？

唉，我還是回到現實，再交朋友吧。

我每天都玩遊戲，有贏有輸。

逆風扭轉戰局時，當然開心，但有時遇到脾氣壞的隊友，少許失誤就互相埋怨，甚至故意破壞，也令人火冒三丈。

這是團隊遊戲，隊友的影響很大，我想組織一個固定的戰隊。

我找到當天的輔助，他成為我的第一個隊員。

我慢慢找到更多隊員，只剩下一個空位時，第一次玩遊戲遇到的美女法師，出現在我的面前，希望加入我的戰隊。

她的戰績並不出色，我本來想拒絕她，但她淚流滿面地說：「我連敗三場了，每次都有隊友不合作，我很想念我的家人。」

「我會努力的，我會聽你的話。」美女捉著我的手，哭到梨花帶雨，我也有點心痛。

我讓她加入戰隊，沒想到，這是惡夢的開始。

連續幾場，都是因為美女的失誤，令我們失去勝算，隊友開始投訴，叫我把美女踢出戰隊。

美女苦苦哀求，我心軟了，想給她多一次機會。

豈料，刺客隊友不服氣，私下引誘其他隊友，自立門戶。

意想不到的是，連輔助也背叛了我，加入他們的陣營。

我忍不住問：「為什麼？」

「你是一個有潛質的射手，不過刺客的技術比你好，加上你非要帶著一個廢物，我當然懂得怎樣選擇。」輔助直截了當地說。

我難以置信：「我以為我們是朋友。」

「這是遊戲，大家只想贏，哪有朋友可言。」輔助冷笑道。

大家離棄我後，美女法師也離開了，甚至沒有道歉。

我明白，她只是想利用我。

我的戰隊解散了，我只剩下一個人。

雪上加霜的是，連續幾場，我都匹配到壞隊友，我受情緒影響，也不斷發生失誤，一敗塗地。

我不斷戰敗，之前賺到的星星，已經輸得七七八八。

回到現實世界，已經變成不可能的任務。

我開始胡來，故意送頭，故意亂跑，被隊友罵得狗血淋頭。

我曾經自殺，但每次自殺都會復活，這個惡夢什麼時候才會完？

我覺得自己即將發瘋時，眼前的畫面一變，我看到我的媽媽。

我回到現實世界了？我抱著媽媽痛哭，媽媽很緊張地問：「兒子，你還喜歡玩遊戲嗎？」

我想起無休止的遊戲世界，不寒而慄，下意識地搖搖頭。

「這就好了。」媽媽鬆了一口氣。

我連忙追問，才知道原來媽媽見我沉迷遊戲，就買了一個「戒網癮頭盔」，在我玩遊戲時，戴在我的頭上。

我以為自己進入了遊戲世界，其實一切只是幻覺。

媽媽解釋：「你喜歡玩遊戲，就逼你不斷玩遊戲，沒法離開，你自然會厭惡。」

我呆若木雞：「輔助、美女法師、背叛的隊友……全都是假的？」

「全都是我設計的，你渴望得到成就、得到朋友的認同，我就設計了這些人物，讓你每個願望都破滅了。」媽媽沾沾自喜地說：「你終於明白，遊戲不會令你得到真正的快樂。」

「什麼是快樂？」我一臉茫然。

媽媽拿出一堆課本：「努力讀書，就是真正的快樂。」

我反感媽媽的行為，我寧願整天呆坐，也不願意溫習。

直到有一天，我睜開眼睛，發現自己身處一個充滿文字的世界，有個美女對我說：

「只有努力讀書，才能回到現實。」

我知道，又是媽媽的頭盔。

我大叫：「媽，你上次這樣做，令我不再喜歡打遊戲。現在你這樣做，只會令我討厭溫習。」

「我希望你喜歡溫習，但你這麼抗拒。唉，即使不喜歡，也要溫習嘛。我只好逼你，總之你努力溫習就行了。」耳邊傳來媽媽的聲音。

無論我怎樣吶喊，媽媽都不再回覆。

總有人會說，希望你快樂。

有時他們希望的，是你以他們期待的方式去生活，並且覺得快樂。
當兩件事產生衝突，通常，前者比後者重要。

—完—

13 女友生氣就會死

「喪屍衝過來時，你為什麼拉著我跑？你拉著我，我站在後面，我會先被喪屍咬，你不愛我了！」女友晴晴高亢的聲音，在我的耳邊響起。

我有氣無力地解釋：「我們已經跑掉了，你沒有被喪屍咬。」

晴晴繼續罵道：「我不是說這一次，是說你愛不愛我，是你的心！」

唉，時至末世，喪屍橫行，人類苟延殘喘，女友卻只顧發脾氣。

我忍不住罵了她幾句，晴晴一怒之下，居然衝出營地。

她一手推開營地的大門，豈料門外剛好有隻喪屍，伸手捉著晴晴，一口咬在她的脖子上，鮮血四濺……

「遊戲結束！」

一行大字在我眼前出現。

下一秒，那行大字變成「Game Start！」

坐在旁邊的，依然是晴晴。

我還未從喪屍的驚恐中回過神來，晴晴已經拉我的手問：「我們已經被困三天了，怎麼辦？」

一段記憶出現在腦海中，我和晴晴去旅行，豈料發生地震，我們被困在瓦礫下三天了，只靠背囊裡的少量瓶裝水和食物維持生命。

饑渴瞬間佔據了我全部的注意力，我的腦子無法思考，有氣無力地答：「等吧。」

「等等等，天天都在等，你還是男人嗎？你的女人快要渴死了。」晴晴大怒。

我反問她：「我可以怎麼辦？」

晴晴一怒之下，把背囊狠狠擲向旁邊的瓦礫，不知道碰到了哪個支點，頭上的瓦礫紛紛掉下來，像雪崩一樣……

「遊戲結束！」

下一場，是末日前夕的設定。

地球即將面臨日天，各國政府合作，製作了很多「方舟」，會飛到外星避難，延續人類文明。

但方舟的數量再多，始終不足以容納全人類。

每個人都為方舟的船票不擇手段，街上充斥著拿不到船票而瘋狂的暴民，打架、搶劫、強姦……

「我們只有一張船票，怎麼辦？」晴晴催促我：「你快點去找船票吧！」

我正想回答，你以為出去轉轉就會有船票嗎？外面這麼亂，可能連命都丟了。

但話到嘴邊，我忽然想起一件事。

前兩次都是晴晴發脾氣，就會有人死掉，我們就會遊戲結束，進入下一個末日。

我當然不想在各種末日中穿越，我懷念平靜美好的世界。

根據我目前的判斷，要回到正常的世界，首先要確保我和晴晴活著。

要做到這一點，首先不能讓晴晴生氣。

於是，我按捺著反駁的意欲，溫柔地對晴晴說：「你說得對，我現在就去找船票。找不到的話，我會把生存的機會留給你。」

晴晴很感動，眼眶都紅了。

我立刻緊緊擁抱著她，不讓她有生氣的空間。

擁抱了一會，晴晴突然說：「喂，你緊緊抱著我，是不是不想找船票？」

「點會這？」我賠笑著開門，臨走前不忘給她一個飛吻：「即使死，我都也保護你的。」

晴晴眉頭一皺，有點生氣：「不准亂說，你不會死。」

突然，三個拿著斧頭的暴民從走廊衝過來。

其中一個暴民大喝：「那裡有女人！」

他們衝向晴晴，隨手在我的脖子上斬了一刀。

一陣劇痛傳來……遊戲結束！

什麼？那時晴晴分明不是真的生氣了，只是故作姿態，希望我小心一點，也會遊戲結束？

我看看這一局的設定，是「生存遊戲」。

所有參賽者身處一個荒島，荒島上有各種的物資和武器，但食物份量只能讓一半參賽者生存一個月。

一個月後，倖存的參賽者可以離開，拿到一筆獎金。

「你不去找食物？」晴問晴問。

晴晴的性格有點暴躁，我怎樣阻止她生氣？根據遊戲設定，即使是撒嬌式的生氣，我們也會死。

晴晴開始瞪我，我剛好拿著一支木棍，我一咬牙，乾脆一棍打暈了晴晴。

她暈了，肯定不會生氣。

我揹著晴晴，繼續前行。

走了一段路，我找到一個食物資源點，我放下晴晴，把食物放進背囊裡。

忽然，一支利箭從樹後射出，插進我的胸膛。

很痛……遊戲結束！

為什麼？晴晴還未醒過來，沒有機會發脾氣，為什麼我會死？

我還未搞明白，下一局已經開始了。

這次我出盡渾身解數去哄晴晴，令她沒法產生怒氣。

然後，我們一起努力，想解決眼前的困境。

結果，我們依然死了。

一局接一局，我嘗試了所有我能想像的方法。

但無論我怎麼做，結果不是我死，就是晴晴死，或是我們一起死。

甚至有一次，我忍不住殺了晴晴。

晴晴一死，遊戲當然結束了。

晴晴問：「喂，我們該怎麼辦？」

「隨便。」我不再研究，這是什麼場景。

晴晴接二連三地問：「神經病，我們快要死了，還能隨便嗎？你活膩了？」

「我們死路一條，死定了。」我對晴晴說出真相：「我們陷入了一個無限輪迴的空間，只是你沒有保留記憶，我們經歷了喪屍、地震、末世……」

話未說完，意外發生，我們又死了。

你看，說出真相也沒用，還可以怎麼辦？

我乾脆放縱自己，晴晴罵我，我有時反駁幾句，有時默不出聲。

終於有一次，又是喪屍場景，我被晴晴激怒了，我站起來，離開。

晴晴拉著我問：「你要到哪裡？外面很危險。」

我狠狠甩開她的手，橫也是死，豎也是死，還能有什麼危險？

但離開晴晴後，我奇蹟地找到食物，像被祝福似的避開危險。

走了一段路，我加入了附近的人類營這樣，一起打喪屍。

我經歷了幾次險死還生，後來營地的科學家研發了疫苗，人類漸漸擊敗喪屍，營地愈來愈大。

最後一隻喪屍都被消滅，人類舉辦了一個盛大的派對。

派對上，我居然遇上了晴晴，她沒有死，不過她身邊已經有另一個男伴……

「目標完成！」

我終於回到正常的世界，我摘下頭盔，正常的記憶湧進腦海裡。

原來，我和晴晴已經分手了。

雖然我們深愛對方，但性格實在合不來，她的脾氣暴躁，我們經常爭執。

分手後，我很掛念她，很想復回。

於是，我買了最新的 VR 遊戲「Move on Online」，可以設定前度的性格，不斷和她經歷不同的末世。

但是，無論我們怎麼溝通，都是死路一條，只有和前度分開，我們才可以各自活下去。

每次掛念前度，大家就會開始遊戲，遊戲結束後，玩家就會意識到，分開是最合理的選擇。

我抽了一支煙，然後……我想她了。

我只可以拿起頭盔，再次開始遊戲。

我忽然記起，我已經玩了這個遊戲很多次了，每次我都可以通關，每次我都明白分手的原因，但我還是要再玩。

人可以控制自己的行為，但總是無法控制自己的感情。
表面上我們知道什麼是錯，但內心總是難免犯錯。

—完—

14

當我發現世界是一場騙局

幸福的生活，可以在一夕之間破滅。

我是一隻二級精靈，生活在精靈城中。

我的夢想，和所有精靈一樣，就是升級。

精靈城內等級分明，試煉成功就可以升級，由一級到九級，每升一級，更會獲得精靈王的祝福，戰力大幅提升。

而且，等級愈高，特權愈多。

如果一級精靈傷害三級精靈，哪怕只是輕傷，也要面臨牢獄之災。

但三級精靈重傷一級精靈，可以交罰款贖罪，如果雙方相差的級數更大，連謀殺也可以用錢贖罪。

除了法律外，經濟、教育等各方面都有特權。

一個家族的地位，取決於族中有多少高級精靈。

而且，精靈升級後，可以為自己、為族人籌措更好的裝備，有機會升級。

我的爺爺是族長，六級精靈，八、九級精靈極為稀有，爺爺的級數已經不低，所以我們風風族屬於中等貴族。

但是，升級的風險很大，每次試煉，都有一半的精靈戰死。

我去過一次試煉，雖然成功升到二級，但眼睜睜看著熟悉的同伴變成屍體，我很害怕。

所以，我不敢參與試煉了，我打算做個二世祖，安心享受家族的庇佑。

直到三天前，爺爺挑戰七級精靈試煉，不幸戰死。

失去家族最強戰力後，其他家族都趁火打劫，不但搶走珍貴的裝備，還暗殺了不少有潛質的年輕精靈，扼殺我們報仇雪恨的機會。

戰鬥中，我的雙眼被毒霧毒盲了，我們犧牲了很多人命，才逃過滅族之災，搬到一個鄉下地方。

族人死傷慘重，我的父母都戰死了，倖存的族人義憤填膺，發誓要提升等級，報仇雪恨，重震風風族的威望。

「我一定要升級！」我咬牙切齒地說。

我也很後悔，從前得過且過，沒有努力升級。

弟弟阿邦拍拍我的肩：「哥哥，你……好好休養，報仇的重任就交給我們吧。」

我明白他的意思，我已經盲了，即使我成功升級，屬性提升，實際戰力依然比不上其他精靈。

我甚至需要族人的保護，我永遠只是家族的負擔！

「我寧願為家族戰死，也不願意做一個負擔。」我怒吼一聲。

阿邦咬牙切齒地說：「哥哥，我一定會讓你重見光明。」

沒想到，阿邦做到了。

他找到了一種名為「心眼」的稀有藥劑，可以開啟精靈的內視功能，即使目不能視，但對外界的感知同樣靈敏。

「心眼」含有劇毒，服用後，所有屬性都會下降九成，即使成為九級精靈，也只有八級精靈的實力。

雖然八級精靈也很厲害，但現實的問題是，以一成的實力參加試煉，根本沒可能通過，等於自尋死路。

所以，只有盲眼的精靈會服用「心眼」，只求能維持正常生活，他們從此倚靠家族，不再參與試煉。

阿邦找到「心眼」，已經很不容易了。

但我的願望，不再是混吃等死地過一輩子，我要為父母報仇，為家族爭光！

我瞞著阿邦，偷偷報名參加了三級精靈的試煉。

我知道，這個決定很傻，以我目前的實力，參與試煉是九死一生。

即使通過了試煉，我只是三級精靈，加上我的屬性長期下降九成，我至少要成為七級精靈，才可以報仇雪恨。

即是說，我要經歷五次「九死一生」，五次都恰巧是「一生」。

所謂人生目標，就是明知道那件事很傻，你依然選擇奮鬥。

試煉當天，我和一群二級精靈走進試煉點。

每次試煉的任務，都是在山洞中，抵抗吸血蝙蝠的攻擊，吸血蝙蝠的能力會隨著等級而提升。

走進山洞後，所有人的視力都被毒霧暫時影響，但我還能「看見」。

我心中一喜，看來黑暗山洞只能遮蔽視力，我用「心眼」視物，反而有視力上的優勢。

蝙蝠拍翼的聲音響起，無數蝙蝠飛過。

然後，我看到了精靈王，精靈們每年都要膜拜的精靈王。

令人震驚的是，精靈王飛入二級精靈中，一口咬在其中一隻精靈的脖子上，開始吸血。

那隻精靈抽搐了幾下，就變成一具乾屍。

精靈王再吸第二隻精靈的血，與此同時，一堆蝙蝠飛來飛去，不斷騷擾其他精靈，但根本沒有造成任何傷害。

不能視物的精靈，慌亂地發出攻擊。

精靈王一邊吸血，我就在人堆中慢慢退後，遠離精靈王。

在場的精靈死了一半，滿嘴是血的精靈王終於離開，我們也通過試煉了。

我升為三級精靈，但我一點也不開心，心裡只有深深的恐慌。

原來，吸血的不是蝙蝠，是精靈王。

試煉根本不是用以提升實力，只是把精靈送進去，成為精靈王的食物。

精靈城充滿鬥爭，精靈都渴望升級，令大家對試煉甘之如飴。

這是一場騙局，我們只是被圈養的食物。

我失魂落魄地回家，阿邦激動得跳了起來：「哥哥，你終於回來了，你居然去試煉？你的實力不夠，很危險的。」

我苦笑，能否通過試煉，只是取決於有沒有運氣遠離精靈王。

大家一廂情願地相信，買好的裝備、提升實力，會提高試煉成功的機率。

阿邦繼續說：「幸好你平安回家，但你不要再參加試煉了，運氣不是每次都有的。你的實力比同級精靈低，萬一下次被吸血蝙蝠殺死……」

「我不會。」我下意識地答，我能用「心眼」看到精靈王的所在，遠遠避開，精靈王也不會刻意追殺某隻精靈，我根本不會被殺。

「上得山多終遇虎，再強大的精靈都可能死於試煉。你記得陳大文的爺爺嗎？他是七級精靈，還不是死在試煉中。」阿邦嘆道：「報仇的重任就交給我吧，我下個月會參加試煉。」

「別去。」我想起乾屍精靈的慘況，下意識捉著阿邦的手。

阿邦眼神堅定地說：「放心吧，導師說，我的實力已經足夠了。」

問題是，這件事根本不談實力，只是看誰倒楣，成為精靈王的食物！

阿邦和我一樣，一心提升實力報仇，我沒法勸他不參加試煉，我只能說出真相。

阿邦愈聽愈驚訝：「原來如此……真相竟然是這樣的。爺爺在同級精靈中，實力數一數二，依然死於試煉，我還以為爺爺輕敵了。」

我苦笑：「為什麼高級精靈有這麼多特權？為什麼精靈城中充滿矛盾和殺戮？全都是激勵精靈主動參加試煉的。」

「我不明白，精靈王實力強大，他想吸血，直接開口就行了，為什麼要把事情弄得這麼複雜？」阿邦撓撓頭。

我嘆道：「假如精靈王光明正大地說，每年要殺一定數量的精靈，精靈只會羣起反抗。」

阿邦沉默了一會，突然滿臉喜色地說：「我有辦法了！」

他居然想出了揭穿精靈王的陰謀的辦法？

阿邦說：「我也服用『心眼』，試煉時就能看見精靈王，儘量遠離他，就可以通過試煉吧。」

「你還想參加試煉？」我難以置信。

阿邦很興奮：「雖然服用『心眼』後，實力會下降九成，但我可以升為九級精靈，即使實力只有八級，都足以報仇雪恨、呼風喚雨。」

我忍不住問：「你不認為精靈王吸血有問題嗎？我們的族人、後代，都會繼續參加試煉，繼續成為他的食物。」

「我也想告訴族人，但大家都知道的，就不是祕密了。」阿邦思索了一會：「我們臨終前，把真相告訴直系子孫，讓他們可以順利升級吧。」

無論我怎麼說，都無阻阿邦的興奮。

當我提出，我們應該揭穿精靈王的陰謀，阿邦反問：「沒了試煉，哪裡有百份百提升實力的方法？現在我們找到不會被吸血的方法，那就行了。」

當你發現這個世界很不公平，想改變世界時。

你會發現，更多人的目標，是在「不公平」中成為既得利益者。

—完—

綁架腦朋友

「剩下五個人了，這樣下去，我們死定了！」

隨著我一聲大叫，瑟縮在牆角的四個人終於有反應了。

這四個人，一個是胖子，一個是長頭髮的藝術家，一個戴著耳機的毒男，一個是文青模樣的女生。

他們四個，一起看向我。

我是他們的大哥，我的眼神堅定，永遠都會朝著目標前進。

胖子開口問：「你說，現在該怎麼辦？」

我有點生氣：「笨蛋，這還用問？我們被綁架了，當然是想辦法逃跑。」

藝術家仔細打量屋內的陳設，沉吟了一會：「這裡應該是民居，屋裡說不定有後備鎖匙。」

「沒錯。」文青女點點頭：「正所謂『上帝為你關了一道門，一定會為你開一扇窗』，屋裡一定有逃跑的玄機。」

胖子恍然大悟地點頭，站起來四處尋找，由最近的書櫃，一直到後面的衣櫃。

我們沒有作聲，過了一會，胖子的方向傳來一陣奇怪的聲音。

我問：「找到了？」

胖子的聲音含糊不清：「找……找到了。」

「你怎會找到的？」文青女跳起來，跑到胖子身邊。

只見胖子坐在地上，拿著一包剛剛打開的薯片，塞進嘴裡：「哈哈，沒想到這裡有一包『美味牌』薯片，正好被我找到了。我急不及待，薯片真可口，令我……什麼什麼留香。」

「齒頰留香。」文青女提醒。

胖子恍然大悟，開始舔自己的手指：「哦，指甲留香。」

文青女解釋道：「是『齒頰』，意思是牙齒和兩頰……」

我很生氣，他怎會在那裡找到一包薯片？根本不合理。

「夠了！」我大喝一聲：「你們玩夠了嗎？我們被綁架了，生死關頭，你只顧著吃薯片？」

我看向戴耳機的毒男：「還有你，常常戴著耳機，你知道我們在做什麼嗎？」

毒男一臉茫然，大家都看向他，他才知道有人對他說話。

毒男脫下耳機：「我在聽歌，你們在談什麼？」

我很失望：「這樣下去，我們死定了。」

「不，我們齊心，齊心必勝！」胖子振奮地大叫。

下一秒，胖子不知在哪裡找到一盒檸檬茶，喝得津津有味：「『檸香牌』檸檬茶，一邊喝一邊吃薯片，快活賽神仙……」

這次，大家已經顧不上罵他，因為大門被推開，綁匪施施然地進來了。

綁匪身型不算壯碩，他拿著一支木棍，神情漫不經心，看起來很有自信，彷彿眼前的五個人，都沒法逃出他的五指山。

「兩千萬贖金，不交贖金就撕票。想想哪個親人會交贖金吧。」綁匪丟下一句說話，又離開了。

大門被鎖上後，我率先開口：「我爸不會救我，我們每次見面就會吵架。他常常說，還不如生一塊叉燒，他寧願省下贖金，去生叉燒吧。」

「我爸最疼我。」胖子笑瞇瞇地說：「我記得，我小時，他常常帶我去公園玩，所以他一定會救我。」

「爸爸怎會交贖金？他想我做公務員，我偏偏不聽他話，要搞藝術。」藝術家長嘆一口氣，聲音愈來愈低：「我到現在都未成功，他應該對我好失望……」

毒男脫下耳機：「你說什麼？聲音大一點。」

藝術家把說話重覆一次，毒男又戴上耳機，沒有再說話。

於是，我們齊齊看向還未發言的文青女。

文青女猶豫了一會：「我不知道啊。」

「你哭了，我有 Temso 版紙巾，很堅韌的。」胖子說。

文青女將頭埋在雙膝之間，過了一會，她抬起頭，尷尬地說：「哭不出來。」

我提醒她：「一個女生被綁架了，不知道爸爸會不會救你，你現在很無助、很徬徨，會由心而發地哭出來。」

「我的眼淚在心裡流，不行嗎？」文青女反駁。

「你……」我深吸一口氣，壓下自己的怒氣，然後說：「無論有沒有人交贖金，我們不應該把希望放在綁匪身上，我們的任務，是憑自己的力量逃出去。」

胖子附和道：「對，電視劇常常說，綁匪不講信譽，交了贖金也會撕票。」

「這時候，我們應該找找，屋裡還有什麼線索。」文青女看向藝術家，示意他發言。

藝術家呆了呆，不知所措。

突然，他看向梳化上的枕頭：「我覺得這個枕頭不應該放在這裡，顏色一點也不搭，這個枕頭真奇怪，呃……會不會有秘密？」

「你說什麼？和枕頭有什麼關係？」文青女很苦惱：「你應該研究，屋裡會不會有暗門。」

「暗門，對了，是暗門。」藝術家站起身，正想去找暗門，但他忍不住轉身，把枕頭拿走：「這個枕頭真礙眼。」

「啊！」我大吼一聲：「啊！你們怎麼總是丟三落四的？」

這時候，隨著我的吼聲，綁匪再次衝進來。

「你為什麼進來了？」文青女驚叫。

「我不應該進來嗎？」綁匪嚇了一跳，有點猶豫：「那……我出去？」

我心灰意冷地說：「算了，你已經進來了。說吧，你想做什麼？」

「你還未付贖金，為示小懲大戒，我要強姦……」綁匪環視一周，目光落在胖子身上：「你！」

藝術家大驚，指著文青女：「你情願強姦胖子，也不強姦她？」

文青女反駁道：「為什麼要強姦我？當然應該強姦他了！」

胖子瞪大雙眼，手足無措。

藝術家強調：「他強姦胖子，畫面太噁心了，我不能接受。」

「總之……他應該強姦胖子，不應強姦我。」文青女堅持。

綁匪很不耐煩：「我應該強姦誰？你們討論一下，總之我要強姦一個人。」

「別吵了，強姦她！」我指著文青女，制止他們的爭執。

文青女還想反駁，我勸她：「人生總會有突如其來的變化，這是無法預計的，你要學懂接受。」

「你讓他強姦我？之後呢？」文青女嗤之以鼻。

毒男難得脫下耳機：「我也有點亂，接下來該怎麼做？」

我一時語塞。

綁匪步近文青女，千鈞一髮間，大門被踢開，一個穿西裝的女人威風凜凜地衝進來，一個飛腳就把綁匪踢倒。

「你……你為什麼會來？」我目瞪口呆。

「我們先走吧。」女人目無表情，但比在場所有人都要帥氣。

女人率先離開，一行人跌跌撞撞地走出去，終於脫離了綁匪的魔爪，萬歲！

＊＊　　＊＊　　＊＊

一個月前，網台「什麼都會播」因為經營不善，即將倒閉。

當老闆宣佈這個消息時，我和四個同事目瞪口呆。

雖然這個網台規模不大，但絕對是我們五個的心血。

我們薪金微薄，希望由網台開始，終有一天可以拍真正的電影。

我是導演，我的性格最暴躁，大罵老闆：「我們為網台付出一切，就這樣化為烏有？」

「這個網台收視太低了，我的積蓄差不多花光了。」老闆嘆道。

文青女編劇想了想：「不如我們拍一些短片，吸引更多觀眾。」

長頭髮的美術指導說：「我們平時主要做直播，畫面不夠美觀，短片的畫面更完美。」

「沒用的。」老闆擺擺手：「很多人拍短片了，社會議題、搞笑情節，什麼題材都拍過了。我們又沒有錢，去拍更有質素的短片。」

女編劇衝口而出地說：「我有一個特別的劇本！」

女編劇解釋，那個劇本叫《綁架腦朋友》，講述一個人格分裂的女人被綁架。她有五個人格，分別代表憤怒、開心、悲傷、藝術家和自閉。為了逃離綁匪的魔爪，五個人格合作，但也會爭執，最後在絕境之中，爆發出第六個「壯漢」人格，把綁匪擊倒。

「有意思！」但老闆仔細一想：「哪裡有這麼厲害的女演員，可以演繹出五、六個人格？」

「我們去找一個影后。」我斬釘截鐵地說。

監製胖子附和道：「對，我去找贊助商，很多的贊助商！」

我們看向默不作聲的收音師，收音師撓撓頭說：「我繼續收音，不過……這個月可以不發薪水給我。」

「拍短片的噱頭不夠，不如我們做直播。」老闆愈說愈興奮：「反正只有一個主角，她演繹不同人格，直播一鏡過，還過癮了。」

大家對望一眼，紛紛附和老闆，定下了《綁架腦朋友》的拍攝計劃。

不過，老闆說，這次拍攝他不會出資，直播的總觀看人數，一定要過萬，他才會繼續營運網台。

第二天早上。

「兒子，起床了！」

我從被窩裡探出頭來，看到窗外的天色，尚未天亮。

一鏡過

我忍不住抗議：「媽，天還沒亮，怎麼就要起床了？」

媽媽說：「早點起床，正經吃個早餐才上班嘛。」

「世上沒有規定，一定要吃三餐嘛。我把早、午餐併在一起吃，不是更划算嗎？」

媽媽一邊打開電腦，一邊說：「你有時間的話，上網找工作也好嘛。」

我阻止她：「喂，我早就說了，不要碰我的電腦！好端端的，找什麼工作？」

「你好不容易考到工程師牌照，不要浪費嘛。你自稱導演，拍來拍去都是網上短片，每次只有幾百人瀏覽……」媽媽皺著眉頭說。

我反駁：「人人起步時，都是這樣的。」

媽媽語重心長地說：「兒子啊，你已經玩了兩年……」

「但現在已經有起色了，胖子找到了贊助商。」

媽媽嗤之以鼻：「什麼贊助？沒錢的，只是送一些產品，送什麼……生髮水，誰需要生髮水？我上次差點想把他罵一頓！」

「你答應過我，不會到公司鬧事的！」我提醒她。

媽媽點點頭：「我知道，你放心吧，老媽不會讓你丟臉的！不過，你要想清楚，你始終是一個工程師，就應該找工程師的工作。」

大家用盡所有人情牌，終於找到了影后紅姐的前經理人龍哥。

龍哥皺著眉說：「我看了劇本，頗有挑戰性。但紅姐很忙，你們沒有片酬……」

那天我遲到了，遠遠聽見龍哥意圖拒絕。

我急忙大叫：「排練、拍攝的日期都可以遷就紅姐。」

龍哥看到我，眼前一亮：「你是這套劇的導演？」

「對，這套劇對我們很重要的。」我解釋，如果拍不成，網台就要倒閉了。

「我想想。」龍哥不知道在想什麼。

其實，大家沒有對龍哥抱太大期望。

沒想到，兩天後，我們接到龍哥的電話，說紅姐同意了。

龍哥說：「看在侄子的份上，我才拚命勸說紅姐。」

掛掉電話後，我才想起一個問題，誰是龍哥的侄子？

但大家都不承認，所以我沒有再深究這個問題，最重要的是紅姐會出現。

排練的日子很快到了，紅姐戴著太陽眼鏡，神情冷漠高傲，我們連大氣也不敢喘，生怕會令紅姐不滿。

紅姐當然有實力，一上場就把角色演繹得淋漓盡致，憤怒的領導者、快樂的小孩、悲傷的少女、挑剔的藝術家和自閉的毒男，像五個截然不同的人。

我解釋：「劇情發展到這裡，你不知道家人會不會交贖金，幾個人格在掙扎。」

紅姐點點頭，神情瞬間變得冷漠：「我爸不會救我的，我們一見面就會吵架。」

但轉眼間，紅姐的嘴角又出現一絲笑容：「我爸最疼我了。小時候，他常常帶我去公園，他一定會救我！」

紅姐用力搖搖頭，似乎想趕走錯誤的想法：「爸爸怎會交贖金？他希望我做公務員，我偏偏不聽他的話，要做藝術，他對我很失望吧……」

「非常好，最後你用悲傷少女的人格，眼淚滾滾而下。」我解釋：「鏡頭會轉開，拍攝四周的環境。你可以滴眼藥水，然後鏡頭才轉向你。」

「不用眼藥水。」紅姐輕笑一聲，表情馬上變得徬徨而哀傷，一滴眼淚從眼角滑落，然後無數淚珠滾滾而下：「我不知道，我不知道他會不會救我。」

「這就是影后！」胖子感慨道。

胖子說：「紅姐，你的演技已經超越了劇本。不過我們臨時加入了一些產品……」

胖子一會說這裡要拿著薯片，那裡要加一包紙巾，但總是找不到需要的產品。

我皺眉：「喂，不要浪費紅姐的時間。」

「人生很多時會有突如其來的變化，我明明把產品放在這裡，怎麼不見了？」胖子撓撓頭。

「新人嘛，慢慢來。」紅姐寬容地說，她還跟胖子商量，怎樣介紹產品。

看到這個樂也融融的情景，我對藝術家說：「這次，我們必勝！」

「必勝。」收音師低聲附和道。

所有人都以為，這場直播會很順利。

胖子用盡僅餘的資源，拚命做宣傳，說得天花亂墜，大家都知道，當天會有一場精彩的人格分裂直播短劇。

直播當天，我對著電話大吼：「什麼？紅姐不來了？」

龍哥嘆道：「對，她的母親今早中風了，她還在醫院……能改期嗎？」

我解釋：「我們做了宣傳，佈置了場地，我們的預算已經花光了，不可能改期。」

「一會紅姐會趕過來，但我查過了，路上發生了車禍，嚴重塞車，我猜她應該趕不及了。可不可以找其他演員來代替？」龍哥說。

所有人圍在我身邊，紛紛問該怎麼辦。

我答：「找找有沒有別的演員吧。」

「一人分飾五種人格，還要直播，全港有多少個女演員能做到？」女編劇嘆道。

胖子附和道：「對，直播半個小時後就開始了。即使找到演員，她連劇本也來不及看吧。」

五種人格、熟讀劇本……我看看整隊攝影隊，除去攝影師的話，還有五個人。

我一拍大腿：「我們五個人，飾演五個不同人格吧！」

「我是憤怒的領導者。」我指著美術指導：「你是挑剔的藝術家。」

美術指導皺眉道：「我看過劇本，但我不太記得台詞，我只記得場景……」

我指著女編劇：「你是主人格，悲傷的少女。」

女編劇難以置信地說：「我不懂演戲，我只懂寫劇本。」

「這就對了，你最熟悉劇本，可以提醒美術指導。」我很快就下了決定。

一鏡過

我指著收音師：「你是自閉的毒男。」

收音師呆住了：「我……我也有份？我要收音。」

我答：「你繼續戴著耳機收音，裝作在聽歌，反正這個人格對白不多。」

我指著胖子：「你是快樂的小孩。」

有別於其他人的抗拒，胖子充滿自信地說：「沒問題！」

女編劇狐疑：「你背了劇本嗎？」

胖子無奈地說：「我聯絡了很多贊助商，如果直播取消了，我會被斬成肉醬。」

我簡介流程後，就開始直播。

初時有很多觀眾，都是因紅姐而來的。

屏幕上，只有五個名不經傳的普通人，觀眾人數直線下降，很快就只剩下五個觀眾。

大家都不知道該怎麼辦，我大叫：「剩下五個人了，這樣下去，我們死定了！」

他們知道形勢不妙，立刻開始演戲。

按照劇本，這時候，藝術家人格出現，提議大家去找屋內的後備鎖匙。

鏡頭轉向美指，但他瞪大眼睛，一言不發，明顯忘記了台詞。

胖子只好問我：「你說，現在該怎麼辦？」

美指連第一句台詞也忘了，我很生氣：「笨蛋，這還用問？我們被綁架了，當然是想辦法逃跑。」

得到這個提示，藝術家終於記起台詞：「這裡應該是民居，屋裡說不定有後備鎖匙。」

這時候，天真人格會出現，主動去找後備鎖匙。

胖子也很配合，立刻站起來。

我說出台詞：「找到了？」

按照劇本，胖子找不到後備鎖匙，豈料胖子回答：「找到了。」

「你怎會找到的？」女編劇跳起來，卻看見胖子坐在地上吃薯片。

胖子對著鏡頭，熱情地介紹「美味牌」薯片，這是他好不容易找回來的贊助商，當然要多說幾句。

贊助商已經提供了廣告稿，誇讚這隻薯片令人「齒頰留香」，但對胖子而言，這四個字實在太難念。

幸好，中文系畢業的女編劇提醒他，成語的正確讀法。

正當他們討論成語，我瞥了手機一眼，觀眾人數依然很少。

唉，哪有人喜歡看廣告。

我連忙制止他們：「我們被綁架了，生死關頭，你只顧著吃薯片？」

有觀眾留言：「為什麼有人戴著耳機，一言不發？」「對，真奇怪。」

我看向收音師：「還有你，常常戴著耳機，你知道我們在做什麼嗎？」

所有人看向收音師，他才抬頭問道：「我在聽歌，你們在談什麼？」

我很失望：「這樣下去，我們死定了。」

「我們齊心，齊心必勝！」胖子成功介紹了一個產品，心情振奮，馬上介紹另一個贊助商提供的檸檬茶。

飾演綁匪的演員進來了，要求兩千萬元的贖金。

按照劇本，這時候，除了自閉毒男外，其餘四個人格會討論，爸爸會不會交贖金。

我先用憤怒的情緒，說出台詞：「我爸不會救我，我們每次見面就會吵架。他常常說，還不如生一塊叉燒，他寧願省下贖金，去生叉燒吧。」

我想起和爸爸吵架的情景，不知從何時開始，我們對很多事情都有截然不同的看法，每次見面都會吵架。

胖子笑瞇瞇地說：「我爸最疼我了。小時候，他常常帶我去公園，所以他一定會救我。」

我想起，小時候，爸爸帶我到公園玩，那時我們笑得真燦爛。

藝術家不滿地說：「我爸怎會交贖金？他希望我做公務員，我偏偏要做藝術……」

我和爸爸的矛盾，是從何時開始的？

好像是我大學畢業後，沒有聽爸爸話去考公務員，而是選擇做導演。

我一直渴望成功，渴望得到爸爸的認同。

但我的事業沒有進展，連續幾次，我都與拍電影的機會擦身而過。

我更加不想回家，不想面對爸爸失望的目光。

收音師突然脫下耳機：「你說什麼？聲音大一點。」

原來是藝術家的聲音愈來愈小，收音師沒法收音，唯有叫他重覆一次。

輪到文青女說對白，她應該說：「我不知道啊。」然後淚如雨下，配合她多愁善感的性格。

文青女不斷催眠自己，但始終哭不出來。

我學過怎樣指導演員，我提醒她：「一個女生被綁架了，不知道爸爸會不會救你，你現在很無助、很徬徨，會由心而發地哭出來。」

「我的眼淚在心裡流……」

雖然我懂得指導演員，但文青女不是演員嘛。

「你……」我唯有壓下自己的怒火，把劇情推進。

「這時候，我們應該找找，屋裡還有什麼線索。」文青女說。

按照劇情，是藝術家負責在屋內找線索。

但美指忘了台詞，他看看周圍的環境，用專業知識作出判斷，認為枕頭的顏色與沙發不相襯：「這個枕頭真奇怪，呃……會不會有秘密？」

「你說什麼？和枕頭有什麼關係？」女編劇知道他忘了對白，立刻提醒他：「你應該研究，屋裡會不會有暗門。」

「暗門，對了，是暗門。」他正想找暗門，但作為一個專業的美術指導，實在無法忍受這麼醜陋的枕頭，他隨手把枕頭拿走：「這個枕頭真礙眼。」

這場不三不四的直播，令觀眾不斷給予負評，我火冒三丈：「啊！你們怎麼總是丟三落四的？」

綁匪衝進來了。

「你為什麼進來了？」文青女驚叫，按照劇本，劇情還有幾段，大概是說人格們用不同方法尋找逃生路徑，但一一失敗，憤怒人格忍不住大叫。

豈料我怒火中燒，不小心早叫了，綁匪聽到指示，就衝進來了。

「我不應該進來嗎？」綁匪只能問：「那……我出去？」

他現在離開，豈不是更奇怪？我唯有示意綁匪繼續劇情：「算了，你已經進來了。說吧，你想做什麼？」

按照劇本，這時候，綁匪想強姦女主角，而女主角是由天真人格主導的。

「你還未付贖金，為示小懲大戒，我要強姦……」綁匪想起，胖子飾演天真人格，於是他指著胖子：「你！」

美指大驚，指著文青女說：「你寧願強姦胖子，也不強姦她？」明明文青女是在場唯一一個女人。

「為什麼要強姦我？當然應該強姦他！」文青女覺得，綁匪應該按照劇本來演戲。

「他強姦胖子，畫面太噁心了，我不能接受。」美指認為，畫面才是最重要的，畫面不美觀，哪能留住觀眾，美指的責任就是令畫面更美觀。

「總之……他應該強姦胖子，不應該強姦我。」文青女堅持，劇本才是一套劇的靈魂，無論選角出現什麼變化，都應該儘量符合劇本。

「我應該強姦誰？你們討論一下，總之我要強姦一個人。」綁匪是一個演員，他對大家的爭執完全沒有興趣，只會按照導演的吩咐去演戲。

「別吵了，強姦她！人生總會有突如其來的變化，這是無法預計的，你要學懂接受。」我指著女編劇，事已至此，沒道理要綁匪強姦胖子這麼古怪嘛。

按照劇本，正因為天真人格即將被強姦，第六個人格才突然爆發，擊倒綁匪，逃出生天。

第六個人格一直隱藏得好深，她是天真人格的母親，為了保護兒子，才突然出現。

「讓他強姦我？之後呢？」女編劇強調，一旦綁匪不強姦天真人格，第六個人格就沒有現身的理由。

「我有點混亂，接下來該怎麼做？」收音師忍不住說，現在根本沒有第六個演員。

我看向拿著攝影機的攝影師，十分徬徨。

難道要攝影師攝演第六個人格？那麼誰負責拍攝？但第六個人格要擊倒綁匪，需要武術底子，攝影師能做到嗎？紅姐是武打演員出身，本來她對此遊刃有餘，現在……唉，這套劇該怎麼結束？

我苦惱之際，大門被踢開，紅姐衝進來，一個飛腳就把綁匪踢倒。

「你……為什麼你來了？」我目瞪口呆，紅姐明明在醫院，路上塞車了，她應該沒法來吧。

「我們先走吧。」紅姐說，大家立刻跟著她離開，這場直播終於結束。

觀眾的留言不斷出現：「紅姐真帥！」「果然是我的女神。」「這才是演員。」

直播結束後，我們正想問紅姐為什麼能來，我卻在門外看見我的爸爸，一直不支持我做導演的爸爸。

他騎著摩托車，滿頭大汗。

我呆若木雞，我知道，爸爸已經有十年沒有騎摩托車了。

我站在旁邊，聆聽爸爸與紅姐的對話，才知道事情的始末。

爸爸不希望我做導演，他覺得導演的收入不穩定，我們經常為此爭執。

但原來，我一直是爸爸的驕傲。

他和龍哥是好朋友，他常常拿著我的照片，向龍哥炫耀我的才華。

所以，龍哥知道我是好友的兒子，才千方百計幫我們說服紅姐。

爸爸知道這場直播是我的心血，一直很留意。

他看到紅姐沒有出場，立刻致電給龍哥，問清楚事情的經過。

他知道紅姐在醫院，路上塞車，就在倉庫裡找出塵封多年的摩托車，去接紅姐。

紅姐一直留意直播，加上她熟讀劇本，知道大家沒法收場，就衝進片場，打倒綁匪。

無論如何，這個直播總算是圓滿結束。

回家後，媽媽問我直播的情況，我說，很順利。

媽媽就說：「順利又怎麼樣？你賺錢了嗎？幾十歲了，是時候要有些成就……」

我和媽媽爭執了一會，我就去睡覺了。

第二天起床後，爸爸問我直播的成績，我下意識回答：「挺順利的。但媽媽說，即使順利也賺不了錢，男人總要有些成就……」

爸爸用一種悲憫的眼神看著我：「你又設計了她的對白？」

然後，爸爸點了一注香，向神枱上香。

神枱上有一張黑白照片，照片中的女人，正正是我親愛的媽媽。

到底，誰患有人格分裂？

—完—

《真實虛擬一鏡過》

作　　者：陳美濤

封面攝影：Kenneth Luk
封面設計：黃 獎
內文設計：Fai

出版：悅文堂
地址：香港柴灣康民街 2 號康民工業中心 1408 室
電話：(852) 3105-0332
電郵：joyfulwordspub@gmail.com

發行：香港聯合書刊物流有限公司
地址：香港新界大埔汀麗路 36 號中華商務印刷大廈 3 字樓
電話：(852) 2150-2100
網址：http://www.suplogistics.com.hk

印刷：大一數碼印刷有限公司
電郵：sales@elite.com.hk
網址：http://www.elite.com.hk

圖書分類：流行讀物 / 散文愛情
初版日期：2021 年 7 月
ISBN：978-988-74364-8-5

定價：港幣 78 元 / 新台幣 350 元